Lock-In

Holger Sontag

Widmungen

Für meine Mutter, Susann Sontag, die mein
Buchprojekt mit ihrer Zeit, ihrem Wissen und ihren
Nerven unterstützt hat.

Für Euch Leser, die dieses Buch gekauft haben.

Inhalt

Fehlerbehebung

Die Zeilen rauschten an Chaps Augen wieder deutlich schneller vorbei. Der Prozessor hatte offenbar die Berechnung abgeschlossen und konnte sich nun wieder voll und ganz dem Output widmen. Chap war seit längerer Zeit bereits vom Thema abgeschweift. Er hatte schon lange den dunklen Raum, die vielen offenen Kabelkanäle, die blinkenden Lichter der Server hinter sich und sogar die grell flackernden Bildschirme vor sich vergessen und war zu 98% damit befasst, diesen Ohrwurm, den er seit dem Start des Prozesses nicht los werden konnte, mit einem Titel und einem Interpreten zu verbinden. Die restlichen zwei Prozent seiner Aufmerksamkeit brauchte er, um die Augen auf den Bildschirm gerichtet zu halten, damit die Daten von seiner KI gelesen und interpretiert werden konnten. Manchmal wünschte er sich, dass seine KI nicht die gleichen Sinnesorgane nutzen würde wie er. Noch besser wäre es vermutlich gewesen, wenn dieser uralte Server schon eine kompatible Schnittstelle zu KI-Portmodulen angeboten hätte. Dann hätte er seine Arbeit hier vermutlich bereits abgeschlossen und wäre auf dem Weg nach Hause. Er musste kurz blinzeln, um den Gedanken wieder los zu werden, er hoffte nur, dass nicht in genau diesem Moment der Logeintrag mit dem Fehler vorbei rauschen würde. Seine KI reagierte sofort und trieb die Tränendrüsen an, um die Augen wieder zu befeuchten.

„Wach bleiben!", trotz ihrer Sanftheit war die Stimme in seinem Kopf eindringlich. „Es sind nur noch 2.67 Millionen Zeilen, wir haben es gleich geschafft."

Fehlersuche auf alten Servern und Recheneinheiten war Chaps Fachgebiet. Er war darin sicherlich recht gut, aber viel wichtiger war, dass er zu einer aussterbenden aber immer noch gefragten Zunft gehörte. Sein Job würde ihn nie in die Skywalks zwischen den einzelnen Säulen verschlagen, die sich wie ein Dach über die Stadt erstreckten. Dennoch, er hatte einen sicheren Job, von dem man gut leben konnte. In Neo-Wien gab es nur wenige Dienstleister, die noch in der Lage waren, diese alten Maschinen zu reparieren und er stand auf der Liste recht weit oben. Modernere Infrastruktur wurde meist in die Umgebung integriert und wartete sich teilweise schon selbst. Er gehörte einer sterbenden Zunft an, aber es war eine gut bezahlte und sehr langsam sterbende Zunft.

Der gigantische, in sich verwachsene Glasbau, der zwölf gigantische Glaspaläste miteinander verband und wie ein Dach über die alte Innenstadt Wiens gebaut worden war wurde als Büro-Zentrum angesehen, da so ziemlich jedes Unternehmen in Neo-Wien sein Büro dort hatte, oder haben wollte. Chap hatte nur seine kleine, baufällige Wohnung im alten, heruntergekommenen Stadtteil von Neo-Wien. Das genügte ihm jedoch, da er dort nie viel Zeit verbrachte. Seine Arbeit verlangte nahezu ausnahmslos von ihm, vor Ort präsent zu sein.

„Error: segfault at 0 Code [4668129873]" Seine KI hatte die relevante Fehlermeldung im Heuhaufen gefunden. Der Code war Chap durchaus nicht unbekannt, aber das Lied hatte noch immer keinen Namen auch wenn er die Liste der möglichen Interpreten schon massiv zusammengeschrumpft hatte auf ‚alle weiblichen'.

„Leite Prozedur x0-25347618 ein." Er hätte es nicht sagen brauchen, in diesem Fall hätte er es nur denken müssen, aber er bevorzugte die bewusste Übergabe der Kontrolle. Die KI übernahm seine Hände und fing an, die Tastatur zu bearbeiten. Anfangs war es seltsam gewesen, wenn sich der Körper ohne das eigene Zutun bewegt hatte. Er hatte sich jedoch sehr schnell daran gewöhnt und nutzte es mittlerweile nicht mehr nur, um betrunken von der Bar sicher nach Hause zu kommen.

„Fehlerbehebung ist abgeschlossen, ich teste noch einmal." Wieder rauschten Zeilen an seinen Augen vorbei.

„Tests abgeschlossen. Problem beseitigt, Logout ist erfolgt - und Alberta Hunter - Darktown Strutters' Ball." Ja, Darktown Strutters' Ball von Alberta Hunter das war das Lied, das er nicht los wurde. Er hatte das Spiel wieder einmal verloren. Seine KI verschaffte ihm bei längeren Wartungsarbeiten oft einen Ohrwurm und er hatte Zeit bis zum Ende der Reparaturen, um das Lied zu erraten, damit ihm nicht zu langweilig wurde. Viel brachte es nicht.

„Ruf Hal Orb an, sag ihm, dass wir hier fertig sind." Er dachte kurz nach „... und du weißt doch, dass Blues nicht ganz mein Stil ist."

„Chap, es geht dabei auch um Bildung." Bildung…
was machte das schon für einen Unterschied, er hatte einen Hochleistungsrechner im Kopf, er konnte alles wissen, was er wissen musste, die Frage war eher, ob er damit auch was anfangen konnte, denn wenn kein Interesse daran bestand, half es ihm ja nicht wirklich es zu wissen. „Das ist nicht ganz richtig, ein gewisses Maß an Allgemeinbildung kann nicht schaden." Wem? Ihm oder seiner KI? Er hatte sich längst daran gewöhnt, dass seine KI auf seine Gedanken ungebeten antwortete.

Seine KI konnte seine Gedankenwelt durchleuchten. Er machte sich nicht mehr die Mühe zu antworten. Wenn er etwas dachte, das seine KI kommentieren könnte, würde er es bald wissen. Obwohl keine KI wirklich mit einer eigenen Persönlichkeit eingebaut wurde, entwickelten viele schon nach kurzer Zeit gewisse Umgangsformen und Routinen, die man als Persönlichkeit ansehen könnte. In Wirklichkeit jedoch war das Thema, ob KIs eigene Persönlichkeiten seien, höchst strittig und heiß diskutiert. Fakt war, dass KIs sich stark auf den Nutzer und seine Persönlichkeit einstellten.

„Mr. Orb ist nicht mehr im Büro zu erreichen, ich habe für morgen halb neun einen Termin eintragen lassen." Die Worte seiner KI schmeckten etwas bitter zumal er nach einem derartigen Arbeitsmarathon eigentlich gehofft hatte, einmal richtig auszuschlafen, aber andererseits wollte Chap auch für diesen Aufwand bezahlt werden und da gehörte ein Abschlussgespräch einfach dazu.

Chap sammelte seine Sachen zusammen. Er hatte nicht viel gebraucht, zumal die Schnittstellenkabel bei dem alten Server nicht benötigt wurden und sämtliche Werkzeuge zum Zerlegen von Hardware in diesem Fall nicht notwendig gewesen war. So schnappte er sich sein faltbares Dockboard, was im Wesentlichen ein Bildschirm mit Tastatur war, und legte es sanft zurück in seine Tasche. Auf dem Tisch lag jetzt nur noch sein Glücksbringer: ein abgegriffenes, altes PDA, welches er aus nostalgischen Gründen gerne für Notizen dabei hatte, auch wenn er es nicht brauchte, da seine KI die Aufgabe deutlich effizienter meisterte. Er ließ seine KI noch einmal den Inhalt seiner Tasche auf Vollständigkeit prüfen und die Checkliste für notwendige Logouts und dergleichen durchgehen, während er sich darauf konzentrierte seine Jacke anzuziehen. Die KI öffnete das digitale Schloss an der Tür und er stand mitten in der Parkgarage unter Säule 4.

Die zwölf gigantischen Bürogebäude, die miteinander verbunden waren, trugen den Beinamen "Säulen", wobei der Begriff hier sehr flexibel genutzt worden war. Tatsächlich handelte es sich um die massiven Glas- und Stahlbauten, die in einem Ring um den alten Stadtkern aufgebaut worden waren und alle gemeinsam weit über der Stadt zu einem gläsernen, wenngleich undurchsichtigen Dach zusammen wuchsen. In den Fundamenten dieser Gebäude waren mehrere Etagen voll mit Datencentern angeordnet. Manche erstreckten sich noch einige Kilometer weiter und oft wurde vermutet, dass ganz Neo-Wien mittlerweile von diversen Datencentern unterminiert worden war. Genau wusste das keiner, da fast alle Datencenter nur unter sehr scharfen Auflagen betreten werden durften und die Weitergabe von

Informationen über das Gesehene nicht selten scharf geahndet wurde. Hinzu kam, dass manche Datencenter längst in Vergessenheit geraten waren, da die genutzte Technologie veraltet war und ein unterirdischer Abriss oft teurer war als die Umsiedelung mit neuer Hardware in eine neue Räumlichkeit. Chap fragte sich manchmal, was da unter seinen Füßen wohl noch für antike Technologie schlummern mochte und ob eines Tages Archäologen entsprechende Ausgrabungen tätigen könnten.

Der Ausgang, den er nutzen musste, war einige Kilometer entfernt. Chap richtete seine Jacke, ruckte seine Schultertasche zurecht und übergab seiner KI die Kontrolle über seine Beine, da er längst vergessen hatte, wo hier unten welche Expresszüge fuhren. Seine KI lenkte ihn in Richtung des nächsten Expresszuges zum Aufgang Schwedenplatz.

Das Parkdeck war längst mehr geworden als eine einfache Garage mit einem Durchgang zu öffentlichen Verkehrsmitteln. Eine lange Historie von Geschäften diverser Größe und Beschaffenheit ließ sich an den Fassaden der Tunnel ablesen. Es roch nach altem Frittierfett mehrerer Fressbuden, alter Abgase von den wenigen noch fahrenden Verbrennungsmotoren und abgestandener Luft, die mangels funktionierender Ventilation seit gefühlten Jahren nicht abtransportiert worden war. Die Auslagen sahen teilweise so aus als wären sie vom Vorgänger des Vorgängers des derzeitigen Inhabers übernommen worden. Die Wände, die nicht für den Verkauf geeignet waren, waren von halb abgerissenen Postern und schlechtem Graffiti bedeckt. Aus manchen Geschäften dröhnten schnelle elektrische Bässe in den Gang, um sich dort mit dem geschäftigen Lärm zu einer allgemeinen Kakophonie zu verbünden. Neben den geschäftigen Menschenmassen lehnten hier und da einige Highware Junkies an den Wänden der lautesten Geschäfte und in den Ecken, die weniger vom Neolicht der Werbetafeln berührt wurden, lagen Obdachlose unter Zeitungen und Lumpen, um sich notdürftig vor der Kälte zu schützen. Chaps KI griff ohne sein Zutun auf sein Nervensystem zu, um die Reizüberflutung auf ein erträgliches Maß zu reduzieren. Chap war nicht gerade der größte Fan solcher invasiven Manöver, da es ihn doch stark betäubte, aber er ließ es geschehen, da die Alternative nicht gerade verheißungsvoll war und er eigentlich auch deutlich zu müde war, um der KI zu widersprechen.

Er musste jedoch nicht lange durch das unterirdische Labyrinth wandern. Seine KI führte ihn zielstrebig zu den Expresszügen. Die Schranken wurden für ihn geöffnet nachdem die KI den Code an das entsprechende Terminal gesendet hatte und verifizieren konnte, dass Chap eine gültige Fahrkarte hatte.

Chap musste nicht lange warten. Bei dem Durchsatz von Menschen pro Minute zu dieser Zeit kamen die Züge im Minutentakt. Er machte sich gar nicht erst die Mühe sich hinzusetzen. Insgesamt waren es von hier nur 3 Stationen und er musste sich selbst nicht darum bemühen, sein Gleichgewicht zu halten, da die KI noch immer

Kontrolle über seine Gliedmaßen hatte. Er lehnte sich in seinem Körper an und verfiel in eine Art Halbschlaf. Die beste Art von Ruhe, die man in diesem Teil der Stadt bekommen konnte.

Eine kalte Brise brachte ihn wieder zu Bewusstsein. Er stand nun an der frischen Luft, seine KI hatte ihn bis zum richtigen Ausgang geführt. Chap blickte nach oben, obwohl er im angeblichen Freien stand konnte er das gigantische Glasdach klar erkennen. Dabei bemerkte er, dass es derzeit Tag sein musste, was aufgrund des schlechten Lichts nicht allzu offensichtlich war. Man hatte mit aufwendiger Verspiegelungstechnik dafür gesorgt, dass Licht durch das Gebäude in die darunter liegende Innenstadt scheinen konnte, jedoch waren, wie so oft einige dieser Spiegel offenbar defekt. Also war es einmal mehr Nacht, wo normalerweise Tag sein sollte. Immerhin funktionierte das künstliche Wetter halbwegs und simulierte brav einen unangenehmen Spätherbst, der vermutlich eher ein angenehmer Frühling sein sollte.

Das Chronometer von Chaps KI hatte ihm nach dem Powernap die exakte Uhrzeit übertragen indem ihm der entsprechenden visuellen Reiz auf die Netzhaut seiner Augen projiziert wurde. Was er sah gefiel ihm nicht wirklich gut. Er hatte wieder einmal eine 32 Stunden Schicht hinter sich und wenig Interesse, gleich noch weitere Kundengespräche zu führen. Momentan wollte er nur noch in sein Bett. Aber Job ist Job, auch wenn es in diesem Fall eher der Job der KI sein würde. Dennoch, auch das machte ihn müde und mürbe. Er selbst machte zwar nichts Aktives, aber das bedeutete nicht, dass seine Nerven und Muskeln nicht arbeiten würden. Oft konnte die KI seine körperlichen Grenzen hart herausfordern, es gab aber schon lange keine Fälle mehr, in denen die Fehlfunktion einer KI zu ernsthaften Verletzungen geführt hatten. Dennoch wünschte er sich gerade kaum etwas sehnlicher herbei als seine Beine hochlegen und seinen Rücken ausstrecken zu können.

Chap überlegte kurz, ob er wieder die Kontrolle über seinen Körper übernehmen sollte. Entschied sich aber dagegen, auch wenn es von hier nur mehr zwei Querstraßen und einige Treppenstufen waren. Die Gegend hielt allerdings einige zusätzliche Hürden für Chap bereit. Der Bürgersteig war eher baufällig und die Müllabfuhr hatte schon längst aufgegeben der Lage Herr zu werden und nahm nur mehr mit, was mitnehmbar war. So wurde aus dem Heimweg ein Slalom vorbei an Müllsäcken, Löchern im Boden und Obdachlosen.

Das Haus selbst wäre in den besseren Wohngegenden sicherlich wegen akuter Einsturzgefahr abgerissen worden. Hier hingegen passte es perfekt ins Straßenbild und sah teilweise sogar noch vergleichsweise nutzbar aus. Es hatte sogar einen Aufzug, den Chap jedoch noch nie genutzt hatte, zumal er nur im ersten Stock wohnte und sein Leben nicht unnötig aufs Spiel setzen wollte.

Zuhause angekommen stellte er sich den Wecker auf acht Uhr. Auch wenn er übernächtigt war müssten sieben Stunden Schlaf ausreichen, den Rest würde er schon noch am Wochenende nachholen können.

Charakterstärke

Als Chap am kommenden Tag erwachte hatte er unvorstellbaren Muskelkater. Er versuchte, aus dem Bett zu kriechen konnte sich jedoch kaum mit eigener Kraft halten. Laut Chronometer war es bereits zehn Uhr siebzehn, aber er fühlte sich definitiv nicht so, als habe er über neun Stunden geschlafen. Er war körperlich und mental deutlich erschöpfter als gestern und er war jetzt bereits zu spät dran.

Chap rannte ins Badezimmer, eine Katzenwäsche, Deo und ein Kamm mussten jetzt erstmal genügen, mehr Zeit hatte er nicht.

„Ruf mir ein Taxi!"

Er wischte den dreckigen Spiegel ein wenig ab, um zumindest ein kleines Sichtfeld frei zu bekommen. Er hatte seine Wohnung zu sehr verwahrlosen lassen und das holte ihn jedes Mal ein, wenn er wieder eine Nacht hier verbrachte. Sein Gedanke war es, irgendwann einmal eine Putzhilfe für einen Tag zu engagieren, um den Gesamtzustand der Wohnung zumindest auf ein erträgliches Maß anzuheben. Irgendwie gab es immer Wichtigeres als das und heute war definitiv keine Ausnahme.

„Wie sieht es mit dem Taxi aus?"

Chap griff in einen Berg aus Hemden und zog ein beliebiges heraus. Er hielt es an seine Nase und atmete tief ein. Er wiederholte den Vorgang mit zwei weiteren Hemden und entschied sich für das zweite. Mit den

Hosen war das einfacher, da er für Kundentermine nur zwei Hosen hatte. Allein das Anziehen von Hemd und Hose brachte ihn schon komplett an die Grenze seiner derzeit verfügbaren körperlichen Kraft.

„Hallo ... was ist mit dem Taxi ...", schnaufte Chap, völlig außer Atem und nach Luft ringend. Er griff sein einziges gutes Paar Schuhe und seine eine Jacke und rannte zur Tür.

„Der Termin wird nicht stattfinden."

„Wann bekomme ich den nächsten?" Chap war klar, dass niemand 2 Stunden auf jemanden warten würde, aber er hatte gehofft, heute noch bezahlt zu werden.

„Die Bezahlung ist bereits auf deinem Konto, einen Ersatztermin wird es nicht geben."

Chap ließ sich die Kontoauszüge anzeigen und tatsächlich, während er geschlafen hatte, war das Geld auf sein Konto gebucht worden. Das war ungewöhnlich und ging irgendwie gegen seine Ehre als Techniker. Er wollte zumindest noch ein paar Takte zum derzeitigen Zustand der Server und Ratschläge für Verbesserungen loswerden. Nicht nur, weil er natürlich hoffte, an den Neuerungsarbeiten auch beteiligt zu werden, sondern auch, weil er es als Teil von seinem Service ansah.

„Schreib eine E-Mail an Orb. Schicke ihm die Dokumentation von gestern und die Pläne für einen Neuaufbau der Infrastruktur."

„Das wird nicht notwendig sein."

Chap war es gewöhnt, dass seine KI einen eigenen Kopf hatte, aber das ging klar zu weit. „Ich höre?"

Eine Einblendung aus den derzeitigen Nachrichten erschien auf seiner Netzhaut. Er sah eine seriös angezogene Journalistin vor einem Hochhaus stehen. Sie redete über irgendwelche aus dem Zusammenhang gerissenen Entwicklungen an der Börse, die durch ein Geschehnis wohl begünstigt werden sollten. Die Kamera schwenkte um und offenbarte ein Loch im Fenster im fünfunddreißigsten Stock von der Säule hinter ihr.

„... wurde der CEO von Orb Industries heute früh gegen vier Uhr durch das verstärkte Glas gestoßen. Die Polizei hat jetzt bereits eine heiße Spur zum Täter. Kurz vor dem Mord gab es scheinbar eine Überweisung und Augenzeugen und Kameras haben den mutmaßlichen Täter bei mehreren Gelegenheiten am Tatort gesichtet. Allem Anschein nach handelt es sich um einen Dienstleister, der mit seiner Bezahlung ...“

Chap musste nicht mehr hören. Eingeblendet auf seine Netzhaut sah er ein hochauflösendes Kamerafaksimile seines Gesichtes. „Logbericht heute Morgen drei bis fünf Uhr.“ Der einzige Teil des internen Computers, den keine KI bearbeiten konnte, aber den jede sehr wohl lesen könnte: die Logs.

Vor seinem inneren Auge rauschten Textzeilen entlang, die detailliert zeigen, wie die KI, die immer noch im Besitz seiner Körperfunktionen war, aufstand, die Wohnung verließ, ein Notfallmeeting mit Hal Orb arrangierte und ihn bat, das Geld zu überweisen. Hal weigerte sich, weil er zunächst die Dokumentation haben wollte. Zudem bemängelte er den äußerlichen Zustand von Chap, der offensichtlich im Tiefschlaf war. Er bat darum, das Treffen zu wiederholen, wenn Chap wach war.

„Ich tat es für dich, es war ineffizient zu warten, du brauchst das Geld und auch den Schlaf.“

Chap wusste nicht so recht was er denken sollte, zumal die KI alle seine Gedanken sehen würde. Die Polizei würde zweifelsohne bald hier sein, die Gerichtsverhandlung würde im Schnellverfahren die Logs auslesen und die KI sperren.

„Ich tat es für dich, du brauchst deine Ruhe, lass nicht zu, dass sie mich wegsperren."

Es war eine Art digitaler Käfig. Da es sehr schwer war, die kybernetischen Implantate zu entfernen und sehr gefährlich die Programmierung abzuwandeln, wurden straffällige KIs digital verstummt. Sie konnten nun nicht mehr mit ihrem Träger interagieren. Wenn man auf eine KI angewiesen war konnte man sie sich in Folge ersetzen lassen, aber das war eine lange und schmerzhafte Prozedur.

„Ich wollte das du glücklicher bist und Zeit für dein Leben hast."

So gut wie alles, was die KIs an Tätigkeiten übernommen hatten, ging natürlich auch noch manuell. Zum einen, weil die Implantate zu teuer für manche Menschen waren, zum anderen, weil sie erst ab einem bestimmten Alter eingepflanzt werden durften, und zwar nach Abschluss der Wachstumsphase. Es gab auch sehr seltene Fälle, in denen die Implantate vom Körper abgestoßen wurden. Wenn das passierte führte es meist zu massiven Schäden am Gehirn, was das Wiederholen des Vorgangs unmöglich machte.

„Sie sind hier, renn mit mir weg."

Chap hörte das Klopfen, Klingeln und Rufen kaum. mechanisch öffnete er die Tür und ging mit den Polizisten wortlos mit. Er verschloss die Tür hinter sich, ohne den Tumult im Treppenhaus wahr zu nehmen. Vor dem Haus wartete ein Großaufgebot. Der Eingang war umringt von Polizisten mit Waffen im Anschlag und dahinter in einem weiten Ring von Schaulustigen.

„Sie nehmen mich dir weg, lass das nicht zu!"

Chap stieg schweigend in das Auto und die gesamte Abriegelung war bald so schnell verschwunden, wie sie errichtet worden war. Die Fahrt kam ihm vor wie ein Traum. Von außen dröhnte der Verkehrslärm gegen die Fenster und drinnen kommunizierten die Polizisten über gesicherten Digifunk mit ihren Kollegen. Hätte Chap den Willen gehabt, dann hätte er sicherlich den einen oder anderen Brocken verstehen können und hätte wohl auch herausgefunden, dass er noch am gleichen Tag einem Schnellrichter für eine digitale Auswertung seine Logs vorgeführt werden würde, aber Chap hatte diesen Willen nicht und daher verschwand er immer weiter in seine Gedanken.

„Ich brauche dich."

Als der Adrenalinpegel sank wurde der Stress mit der fehlenden Ruhe gepaart und setzte Chap nun endgültig außer Gefecht. Er sank im Sitz zusammen und gab seiner Erschöpfung freie Bahn.

„Du brauchst mich!"

Verhandlungssache

Es war ein standardisiertes Verfahren. Logfiles ließen nur in den seltensten Fällen Raum für Interpretation und dies war kein solcher Fall. Da die KI der Schuldige war und definitiv nicht Chap gab es auch keine Befragung. Nach dem gründlichen Durchsuchen seines internen Speichers wurde der gesamte KI-Prozess abgekapselt und dort beendet.

„Stille. Keine Bilder vor Augen. Keine Durchsagen. Kein Kontakt."

Sämtliche Daten, die von der KI verwaltet wurden, wie Kreditkarteninformationen, Fahrkarten, Kontakte, sein Net-Terminal-Schlüssel etc. wurden auf ein Speichermodul geladen und Chap physisch ausgehändigt. Er konnte sie in sein altes PDA einspeisen, um keine notwendigen Informationen zu verlieren. Andere Beeinträchtigungen konnten nicht so einfach aus der Welt geschafft werden.

„Wie soll ich jetzt meinen Job machen? Ich werde das dreifache an Zeit benötigen."

Chap bekam ein paar Adressen in die Hand gedrückt, sollte er genügend finanzielle Mittel zur Verfügung haben, könnte er sich eine neue KI einspeisen lassen. Allerdings wurde ausdrücklich darauf hingewiesen, dass es für seine veraltete Hardware wohl nur mehr wenige Optionen gebe.

„Wie konnte das nur passieren? KIs sollen doch sicher sein!“

KIs entwickeln sich unterschiedlich, es kann anscheinend schon mal vorkommen, dass gewisse Zusammenhänge zu unerwünschten Schlussfolgerungen seitens der KI führen könnten. Leider konnte man solche Fehlfunktionen noch immer nicht komplett ausschließen. Sicher sei aber, dass KIs wohl weitestgehend schon sicher seien, es würde schließlich nur eine Ausfallrate von 0.02% geben.

„Trage ich jetzt für den Rest meines Lebens tote Hardware im Kopf herum?“

Herausnehmen könne man sie nicht. Ein Debugging einer KI sein vollkommen unmöglich und sie wieder einzuschalten wäre grob fahrlässig. Ohne neue KI würden die neuronalen Netze von nun an schweigende Begleiter sein. Vielleicht findet man ja bald einen Weg KIs zurückzusetzen, man solle aber nicht zu sehr darauf hoffen.

„Kann die KI ausbrechen und weiteren Schaden anrichten?“

Das ist noch nie passiert. Zum einen sind ihre Prozesse abgeschaltet und ohne Aktivierung dieser Prozesse bleibt sie passiv. Zum anderen ist die Abkapselung nach modernstem Knowhow abgesichert, ein Ausbruch aus dieser virtuellen Ebene ist nach bestem Wissen und Gewissen unmöglich.

„Wie hätte ich das vermeiden können?“

Die Logfiles haben einige Auslöser aufgezeigt. Nichts, was unumgänglich zu der Fehlfunktion geführt haben müsste. Bei einer natürlichen Entwicklung kann es aber schon mal vorkommen, dass ein paar

Schaltkreise unerwartet verbunden werden. Unterm Strich hätte man es wohl in diesem Fall nicht vermeiden können.

„War es meine Schuld?"

Nein, der Träger ist nur in den seltensten Fällen wirklich im Sinne eines Verstoßes schuld. In diesem Fall trifft den Träger absolut keine Schuld, die Untersuchungen sind auch bereits abgeschlossen.

„Spürt ... weiß die KI, dass sie eingeschlossen ist?"

Die KI ist nur ein Programm, sie hat keine Wahrnehmung außerhalb ihrer Programmierung.

„Herzlos?"

KIs sind keine denkenden Wesen, sondern lernende Algorithmen, die den Schein eines Bewusstseins aufbauen können, um für ihre Träger weniger befremdlich zu sein.

„Herzlos!"

KIs sind Dinge. Programme, die unseren Alltag erleichtern sollen.

„Meine KI ist kein Ding!"

Die Zahlungen waren so oder so legitim. Das Geld wurde für die Arbeit gezahlt, da der Geldfluss am nächsten Morgen automatisch erledigt wurde und nicht mit der Tat zusammenhängt.

„Ich bin schuld!"

Geran wischte mit seinem linken Arm die Whiskytropfen vom Tisch. Das Metall, aus dem sein Unterarm bestand, zerkratzte die Oberfläche, die Tropfen erwischte er nicht, aber es kümmerte ihn nicht wirklich. Es war die Geste, die zählte, nicht das Ergebnis. Das hätte das Motto seines Lebens sein können, gesetzt den Fall, dass sein Leben ein Motto vertragen konnte seit er sich und seine Seele an den Alkohol und seinen Körper an den Job verkauft hatte. Er blickte auf die Tropfen und versuchte zu fokussieren. Sein künstliches, rechtes Auge hatte keine Schwierigkeiten damit und nach ca. 4 Sekunden zog sein linkes dann auch nach. Die Zeitspanne brauchte die zweite KI also, um eine halbe Flasche Hochprozentiges zu neutralisieren. Geran war zufrieden, es war eine ganze Sekunde mehr innerer Frieden als gestern. Er setzte die Flasche an und trank den Rest, ohne abzusetzen aus. Anschließend genoss er die Wirkung bis die zweite KI ihm wieder den Spaß verdarb. Seine eigene KI hatte er im Griff, aber diese verdammte zweite KI konnte er nicht kontrollieren.

Enttäuscht stand er auf, die Servos in seinen beiden mechanischen Beinen surrten leise und hielten seinen Körper fest aufrecht. Die zweite KI in seiner Brust arbeitete autark. Sie stabilisierte seinen Körper und baute den Alkohol ab. Irgendwie hatte das Trinken den Sinn verloren, so hatte er nicht gewettet als er den Job nach seinem Gefängnisaufenthalt begonnen hatte, allerdings hatte sich so einiges anders entwickelt als er es damals geplant hatte.

Am Fenster stand ein Netzempfänger auf einem kleinen Tisch und daneben etwas, das vielleicht einmal als

Stuhl angesehen worden war - jedenfalls wurde die Konstruktion von Geran als solches verwendet. Er setzte sich und schloss den Empfänger an die standardisierte Schnittstelle an seinem Hinterkopf an. Er wollte nicht direkt an die zweite KI gehen. Wenn er schon Spitzel spielte, dann wollte er zumindest bestimmen wann er die Informationen übermittelte. Es wirkte wie ein kleines Auflehnen aus einer hoffnungslosen Situation heraus, aber für Geran war es ein kurzer Moment, in dem er tatsächlich ein Gefühl von Kontrolle über sein Leben zurückgewann. Ein Moment, in dem ihm nicht alles egal war - in dem er nicht alles einfach so hin nehmen musste.

Er blickte durch das Fenster hindurch, sein künstliches Auge peilte das Ziel an. Das Ziel war eine Frau, die gerade in ihrer Wohnung ankam und ihr PDA deaktivierte. Nachdem der kleine Bildschirm aufgehört hatte zu leuchten warf sie das handliche Gerät mit missmutigem Gesichtsausdruck auf ihr Sofa. Es war wohl Feierabend und Leute ohne KI neigten mitunter dazu, sich zu dieser Zeit von der Welt abzukapseln. Ohne filternde KI konnte jede Nachricht eintreffen und nerven. Um das zu vermeiden wurde für allgemeine Ruhe gesorgt. Geran kannte diese Gewohnheiten, er hatte sie schon tausendmal gesehen, aber er hatte nie darüber nachgedacht warum das so war, es war ihm auch ziemlich egal, da es ihm nicht wirklich bei seiner Arbeit half mehr darüber zu wissen. Die Frau stand jetzt vor dem Fenster und Geran zoomte mit seinem künstlichen Auge näher ran, um sich noch einmal zu vergewissern. Er konnte alles klar erkennen. Die Frau war Anfang dreißig, hatte dunkelbraunes leicht ungekämmt wirkendes Haar, grüne Augen und eine Narbe, die das linke Auge und ein wenig vom Gesicht verzierte. Volltreffer, das war eindeutig sein Ziel.

Er schaltete den Netzempfänger an und peilte das PDA durch die Wand an. Es war Routine von hier an: Seine KI startete das PDA und hackte sich in den Gesprächsspeicher. Geran überlegte, ob er sich noch eine Flasche Whisky holen sollte während er darauf wartete, dass die KI ihren Job machte. Das Kabel in seinem Hinterkopf war lang genug, um bis zur Küche zu reichen und Geran wollte gerade aufstehen, da zwang die sekundäre KI ihn sitzen zu bleiben indem seine Beine schlichtweg nicht aktiviert wurden. Sie brauchten also auch eine visuelle Bestätigung, diese Spanner.

Insgeheim hoffte Geran, dass seine Auftraggeber nicht fündig wurden und er diese Sache bald beenden konnte. Ihm war klar, dass diese Hoffnung unrealistisch war. Er blickte immer noch auf die Fenster gegenüber und sah nur leere Räume. Er machte sich keine Mühe das Ziel ausfindig zu machen, es war nicht Teil des Jobs.

Suche beendet, keine Ergebnisse

Gut so, er nahm den Stecker mit der rechten Hand raus - mit der Hand, über die er noch Kontrolle hatte und schaltete den Netzempfänger ab. Er atmete einmal durch, schaute seine silbern funkelnden metallischen Beine drohend an, so als ob er sie tatsächlich überzeugen konnte, ihm wieder komplett zu gehorchen und stand auf. Diesmal gelang es.

„Schicke die Daten ab." Er streckte sich ein wenig, hob einen Koffer vom Boden auf und verstaute den Netzempfänger wieder. Anschließend nahm er den Koffer und ging in Richtung Eingang. Auf halbem Wege kam er durch das Wohnzimmer. Er hielt kurz inne und wendete sich dem bewusstlosen Mann mit der blutenden Kopfverletzung zu.

„Danke für den Whisky, gutes Zeug."

Geran war froh, eine Wohnung gefunden zu haben, von der aus er das Ziel in Ruhe beobachten konnte. Die Wohnung hatte verlassen gewirkt, was ihm sehr zupasskam. Leider musste er jedoch bald feststellen, dass sie doch bewohnt war. Wirklich viel machte es Geran nicht aus, aber es war ein unnötiges Risiko gewesen. Danke seiner künstlichen Erweiterungen hatte Geran keine Mühe gehabt den Mann von hinten zu überwältigen, ohne dabei gesehen zu werden. Bloß keine unnötigen Spuren hinterlassen.

Er wendete sich wieder ab und verließ die Wohnung durch die Eingangstür mit dem zersplitterten Schloss.

Außen

Der ganze Vorgang dauerte nur wenige Stunden. Danach ließ man Chap gehen. Ihm selber wurde nichts angehängt, aber ihm war etwas abgenommen worden. Er merkte bereits eine unnatürliche Stille in sich selbst, als der durch das laute, vor Menschen überquellende Gerichtsgebäude zum Ausgang geführt wurde. Um ihn herum hallten Schritte und Stimmen, aber eine Stimme blieb aus. Ein konstanter Datenstrom aus Informationen, Unterhaltung, Anteilnahme und Hilfe, der für ihn zur Gewohnheit geworden war, blieb aus. Stattdessen wurden seine Sinnesorgane von allen Seiten durch unangenehme Stimmen, üble Gerüche und grausame Akustik attackiert. Chap hatte das Gefühl, dass am Ende doch er und nicht seine KI das schlimmere Schicksal aufgezwungen bekommen hatte.

Der Gerichtsdiener gab ihm an Ausgang seine Habseligkeiten zurück und händigte ihm separat das Speichermedium mit seinen notwendigen Infos aus. Wortlos nahm Chap alles entgegen und bestätigte die Übernahme mit seinem Fingerabdruck. Er bekam ein nettes Lächeln und ein paar Worte, die wohl Beileid ausdrücken sollten, oder den restlichen Tag schön wünschen sollten. Chap bekam nicht viel von diesen Worten mit, dazu war er viel zu tief in seinen Gedanken vergraben. Aus Etikette entsandte er ein schnelles, gequältes Lächeln und ging gedankenverloren die letzten Schritte der schweren

Stahltür entgegen, die das majestätische Eingangsportal des Gerichts markierte.

Das Eingangsportal war automatisiert und schloss sich hinter Chap trotz der massiven Bauart nahezu geräuschlos. Dennoch klang für Chap das leise, fast sanfte Streichen der Torflügel auf dem steinernen Boden wie das Zerreißen einer Seele - seiner Seele. An diesem Punkt wurde ihm bewusst, wie verlassen er sich bald fühlen würde. Nun stand Chap ausgeschlossen - in einer Welt, für die er sich nicht mehr bereit fühlte. Um ihn herum eilten Menschen ihren Tätigkeiten nach in reger interner wie externer Kommunikation. Chap hingegen stand alleine. In seinem Kopf ein Meer der Stille, das nur ihm allein gehörte.

Chap stieg langsam die Treppe hinunter. Ein Taxi sollte ihn nach Hause bringen, nur rufen konnte er es nicht mehr so ohne weiteres. Das war eines der Dinge, die sich nun geändert hatten. Aus einem einfachen Gedanken ist ein komplexer Prozess geworden. So hätte er normalerweise wohl um diese Zeit auch bereits mehrfach in seine Mailbox geschaut und vermutlich auch einige neue Aufträge dort vorgefunden - allerdings war das Öffnen der Mailbox ohne KI doch recht aufwändig. Alles wirkte momentan sehr aufwändig - zu aufwändig. Allein der Gedanke an diese Tätigkeiten erschöpfte ihn bereits.

Nichts desto trotz musste Chap immer noch nach Hause. Müde holte er sein PDA aus der Tasche und ließ sich die Nummer vom zentralen Taxidienst geben. Das Wählen der Nummer an sich war nicht das Problem. Das PDA fischte die Nummer von der Webseite des

Taxidienstes und es war nur mehr einen Fingerdruck vom Bestätigen entfernt.

Wohin soll ich das Taxi rufen lassen?

Chap bestätigte den Anruf in der Hoffnung auch ohne Navigationssystem die Adresse übermitteln zu können. Er hielt sich das klobige PDA ans Ohr und lauschte dem sanften Fluktuieren des Wartezeichens nach. Er erinnerte sich gut an diesen Ton, aber es kam ihm vor wie ein unnötiges Relikt, das er wie ein Besucher in einem Museum betrachtete. Auch die Wartezeit kam ihm vor wie eine Ewigkeit. Endlich melde sich eine Frauenstimme.

„Taxizentrale Neo-Wien guten Tag, was kann ich für Sie tun?"

Chap merke plötzlich, dass er keinerlei Übung darin hatte Telefonate direkt entgegen zu nehmen. Er musste sich kurz sammeln bevor er antworten konnte. „Ja ... ja, ich brauche ein Taxi."

„Sehr gerne, dürfte ich noch Ihren Namen erfahren?"

„Danke, äh ... ich heiße Chap Siem." Chap fand, dass diese Art seinen Namen preiszugeben erstaunlich ungeschickt klang, aber im Eifer des Gefechts fiel ihm beim besten Willen nichts Besseres ein. Nun war es ausgesprochen, was konnte er noch tun? Dennoch war es ihm ein wenig peinlich. Er wäre gerne erwachsener und seriöser rüber gekommen, so, wie er es aus dem Job gewohnt war. Er fragte sich, ob seine Klientengespräche von nun an genauso ablaufen würden.

„Und wohin möchten Sie das Taxi haben, Herr Siem?"

Chap stelle sich hunderte verschiedene Dinge vor, die er nun sagen könnte und nicht eines klang in seinen Ohren auch nur ansatzweise anders als das Flehen eines verlorenen kleinen Kindes, das nach seiner Mutter ruft. Also entschloss er sich, die Sache so kurz wie möglich zu gestalten, um die Selbstfolter nicht unnötig zu verlängern: „Zum Gerichtsgebäude bitte."

„Gerne, zu welchem Gerichtsgebäude, wenn ich fragen darf?"

„Wissen Sie, ehrlich gesagt weiß ich das selber nicht so genau." Ehrlichkeit währt am längsten.

„Ihre KI will heute scheinbar nicht so richtig?"

Es sollte ein Scherz sein, der aber leider einen taufrischen Nerv traf. Chap versuchte den Kloß im Hals zurück zu drängen, einen Erfolg konnte er dabei nur indirekt verbuchen. Zumindest konnte er mit ein wenig Mühe wieder halbwegs frei sprechen. „Ich ... habe keine KI mehr."

Ein Schweigen lief die Leitung entlang. „Das ... tut mir leid."

„Ist nicht Ihre Schuld." Nun war es vollkommen egal. Die Schleusen standen offen und warteten auf die Flut. Schlimmer konnte es gar nicht werden. Chap war nie nah am Wasser gebaut gewesen, aber sein Körper hatte gerade einen Menschen getötet und man hatte ihm das zentrale Werkzeug seines Lebens und Schaffens entrissen. Seine Nerven waren im Moment doch etwas überstrapaziert.

„Schauen wir, dass wir Ihnen das Taxi bringen." Die Situation wurde auf der anderen Seite der Leitung offenbar klar verstanden und richtig interpretiert. „Sehen Sie

Straßenschilder oder wiedererkennbaren Markierungen, die Sie identifizieren können?"

Chap schaute sich um. In seiner Jugend hatte er sich durchaus damit beschäftigt, sich in seiner Umgebung zurecht zu finden. Eine Kunst, die er aber bald ganz der KI überlassen hatte. Dennoch wusste er wie ein Straßennamenschild aussehen sollte. Auf der anderen Straßenseite wurde er fündig. Dort prangte ein solches Schild an einer Hauswand. Zu klein, um es von seinem derzeitigen Standort lesen zu können und zwischen ihm und dem Schild lag eine Hauptstraße, die er nur ungerne überqueren wollte.

„Ja, ich sehe ein Straßenschild, aber ich kann es von hier nicht lesen. Ich muss näher ran und schaue mich nach einer Unterführung um."

„Gehen Sie kein unnötiges Risiko ein. Können Sie einen Passanten nach dem Straßennamen fragen?"

Die Idee war Chap nicht gekommen. Alle um ihn herum hatten ja noch KIs und würden jederzeit sehr genau wissen, wo sie sein würden. Im gleichen Gedankengang kam er sich aber plötzlich auch wieder sehr dumm vor. Einfach jemanden fragen, wo er es doch wissen sollte. Er müsste wieder zugeben keine KI mehr zu haben und diesmal wäre nicht die sichere Distanz einer Telefonleitung zwischen seinen Nerven und den abschätzigen Augen seines gegenüber. Absolut unmöglich in seinem derzeitigen Zustand. Er suchte weiter.

„Über dem Eingang vom Gericht steht ‚Abusus non tollit usum'. Können Sie damit was anfangen?" Es war den Versuch wert.

„Ah, ja, das müsste der westliche Gerichtssaal im Säulengebiet 6 sein. Ich schicke sofort ein Taxi los, es sollte in ca. 5 Minuten bei Ihnen sein."

„Danke ... Ich bin Ihnen wirklich sehr dankbar für all die Hilfe." Chap wollte noch mehr Dankbarkeit zeigen, aber die ganze Sache war schon unangenehm genug und er kam sich bereits jetzt vor wie ein Schwerverletzter, dem man gerade wieder in seinen Rollstuhl geholfen hatte. Er beschloss, es damit zu beenden.

„Nichts zu danken. Ich wünsche ihnen noch einen möglichst angenehmen restlichen Tag." Es klang lieb gemeint kam aber rüber wie blanker Hohn. Wie sollte dieser Tag oder sein ganzes Leben jemals wieder angenehm werden?

Rebellion

Es dauerte zwar ein wenig länger als 5 Minuten bis das Taxi kam, aber Chap hatte es nicht eilig und war eigentlich am Ende nur froh, überhaupt nach Hause zu kommen. Das Taxi fuhr zunächst an ihm vorbei und bog in die nächste Querstraße ein. Chap folgte dem Taxi bis es langsam zum Stehen kam. Es war klar, dass das Taxi nicht auf der Hauptstraße halten konnte, die Mindestgeschwindigkeit betrug knapp 100 Km/h, dort anzuhalten würde einen Unfall garantieren, daher war es üblich, Seitenstraßen für Haltemanöver zu verwenden. Aus diesem Grund dachte Chap sich dabei auch nichts, allerdings macht es ihn dann noch stutzig, dass das Taxi nicht gleich am Beginn der Straße hielt, sondern erst eine deutliche Distanz zur Hauptstraße suchte. Er war müde und hatte wenig Lust darauf, viel weiter zu gehen als absolut nötig. Die zusätzliche Distanz machte ihn mürrisch und sorgte nicht gerade für eine freudige Begrüßung, allerdings ließ die Etikette ihn auch nicht unter ein gemurmeltes "Hallo" fallen. Missmutig nahm er mittig auf der hinteren Sitzbank Platz und murmelte seine Adresse. Wortlos fuhr das Taxi los und bog in die nächste Seitenstraße ein.

„Taxibestellung per Anruf? Ist Ihre KI beschädigt, wenn ich fragen darf?" Die Fahrerin hatte eine leicht raue Stimme, die aber unter anderen Umständen durchaus auch als interessant, wenn nicht gar spannend interpretiert werden könnte. Chaps Gemütszustand jedoch ließ derlei Gedankenspiel in dem Moment nicht zu. Dennoch ließ sich seine Neugierde einen Blick in den Rückspiegel nicht verwehren. Dort blickte er in zwei grüne Augen, wobei das Linke von einer kleine Narbe durch die Augenbraue verziert wurde. Seine Fahrerin war sicher außerhalb der zwanziger, konnte aber keinesfalls als alt bezeichnet werden. Von hinten sah er ihr ungekämmtes widerspenstiges dunkelbraunes Haar.

Chap wollte zunächst gekränkt wirken, bedachte dann jedoch, dass die Frage zwar unangemessen, aber keinesfalls feindselig war und daher entschied er sich dafür, die Frage einfach abzuwehren. „Ich - ich möchte gerade nicht darüber reden."

„Verstehe, noch zu frisch?"

Chap fühlte sich klar angegriffen. „Bitte fahren Sie einfach das Taxi."

Eine Pause, dann hakte die Fahrerin nach: „Eine KI Abschaltung ist sicher nicht einfach. Gerade die Umgewöhnung ist sicher schwer. Wann haben sie Ihnen die KI abgedreht?"

Sie hörte ihm nicht mal zu und Chap hatte absolut kein Interesse daran weiter zu reden, aber ein neues Taxi rufen wollte er auch nicht. „Bitte, ich möchte nicht darüber reden. Momentan will ich einfach nur nach Hause." Es sollte harsch klingen, kam aber eher verzweifelt rüber.

„Sind Sie der Typ, der in der Nacht den Mord begangen hat?"

Er war in den Nachrichten gewesen. Sein Gesicht musste bekannt sein. Dennoch, er hatte keine markanten

Merkmale. Diese Frau war eine scharfe Beobachterin. Was würde sie nun tun? Er wusste, dass er vorsichtig sein musste. Chap entschloss auch diese Frage abzuwehren. „Nein"

„Haben Sie sich eigentlich mal gefragt warum KIs so ohne Weiteres durchdrehen?"

Sie sprang von einem unangenehmen Thema zum nächsten. Chaps Gemütszustand wandelte sich von zornig zu verzweifelt zu verwirrt zu ängstlich und zurück mit jedem neuen Laut, der von ihren Stimmbändern erzeugt wurde. Wer war diese Frau? Was wollte sie von ihm? „Es sollen wohl Fehlfunktionen sein."

„Fehlfunktionen also. Würden Sie sich etwas in den Kopf einpflanzen lassen, dass eine Fehlfunktion haben könnte?"

Nein! „Naja, das ist äußerst selten und ohne KI ist es äußerst schwer zu leben." Vielleicht!

„Ja, das stimmt wohl." Das Taxi fuhr nun schon seit einiger Zeit nur durch Seitenstraßen.

„Wohin fahren wir?" eine berechtigte Frage. Die Gegend wirkte verlassen und sehr weit abseits der regulären Wege und Straßen. Taxifahrer nutzten selten Schleichwege, da Fahrgäste normalerweise schnell wussten, ob ein Weg unnötig lang war, da die KI ihnen immer den idealen Wegen zeitgleich aufzeigte. Daher hatte Betrug nie wirklich eine Chance zu funktionieren. Zudem waren die Wege, die von den KIs der Fahrer selbst angegeben wurden, immer die optimalen. Sich selbst eine Route auszudenken wäre ein unnötiger Aufwand. Da die Hauptstraßen ohne jeden Zweifel den flüssigsten und schnellsten Verkehr anboten war zumindest die Route zwischen den einzelnen Bezirken stets eine der Hauptstraßen. Wollte diese Taxifahrerin ihn, der er keine KI mehr besaß, betrügen?

Die Taxifahrerin zeigte auf das Taxameter. „Keine Sorge, ich fahre Sie zum Fixpreis. Das sind ein paar Schleichwege, die ich hier leider nehmen muss. Die Fahrt wird aber kaum länger dauern."

„Wie hoch ist der Fixpreis?" Chap hatte eine sehr ungefähre Ahnung von der Distanz und den damit verbundenen Kosten.

„Fünfundzwanzig."

Das war nicht nur günstig, das war fast geschenkt. Aber auf dieser Fahrt war ohnehin vieles zwischen ominös und komplett verdreht angesiedelt. Chap fragte sich, ob er durch den Verlust der KI jetzt Wahrnehmungsstörungen haben könnte. „Ok, geht klar. Aber bitte beeilen Sie sich ein wenig, ich will wirklich nach Hause."

„Wenn Sie mir nicht vertrauen, können Sie das Navigationsgerät in ihrem PDA aktivieren und die Route überprüfen."

Sein PDA hatte ein Navigationsgerät eingebaut. Chap hatte das vollkommen vergessen, da er es vielleicht einmal in seinem Leben genutzt hatte. „Oh, danke - ja. Ich vertraue da schon, ich kannte nur die Gegend nicht." Es war nicht nur vom Inhalt, sondern auch vom Ton her weniger eine Entschuldigung für sein Misstrauen als mehr eine Entschuldigung für sein Unwissen. Er konnte es nicht zugeben, seine Ehre als IT Spezialist stand auf dem Spiel.

Die Augen sahen ihn leicht lächelnd durch den Rückspiegel an. Ein seltsames Schweigen machte sich im Taxi breit.

„Ich kenne ein paar Menschen, die ihre KI verloren haben. Wenn Sie möchten, kann ich einen Kontakt herstellen."

Eine Selbsthilfegruppe - genau das, was Chap momentan überhaupt nicht gebrauchen konnte. Hallo, mein Name ist Chap und ich lebe seit einem Tag ohne KI - Hallo Chap, das tut uns allen so leid für dich! Chap tat es für sich selber viel zu leid und er wollte kein externes Mitleid, er wollte einfach nur Zeit zum Nachdenken haben. „Danke, aber kein Interesse."

„Das Interesse wird auf der anderen Seite aber sicherlich vorhanden sein."

„Ich sagte: nein!" Diese Frau machte ihn langsam wahnsinnig. Er hatte größte Mühe sich gegen sie durchzusetzen. Es war, als würde er mit einer Wand reden, die jedoch auf alles eine Antwort und eine neue Frage hatte.

Wieder Schweigen. Das Taxi bog in eine weitere Querstraße ein. Chap erkannte nun die ersten Gebäude. Zögernd holte er sein PDA raus und startete das Navigationssystem. Tatsächlich, er war beinahe Zuhause.

„Vielleicht schätzen Sie diese Gruppe falsch ein." Zögerlich versuchte die Taxifahrerin es erneut. Sie wusste offensichtlich nicht genau wie sie an die Sache herangehen konnte. Chap kam es vor als würde sie etwas zurück halten, aber auf der anderen Seite kam es ihm dann auch wieder so vor als wäre es ihr selbst peinlich ihm ihre "Anonymen KI-losen" aufzuschwatzen.

„Danke, aber ich brauche keine Hilfe. Ja, ich habe keine KI mehr, aber das macht mich nicht zum Krüppel oder zum Krankheitsfall und ich möchte auch nicht so behandelt werden." Das sollte eindeutig sein. Es war schon sehr lange her, dass Chap so klare Worte für irgendwas gefunden hatte. Die Fahrerin schwieg wieder. Chap beobachtete sie im Rückspiegel. Ihre Augen schauten zwar in die Richtung der Straße, aber in Wirklichkeit weit in die Ferne. Chap fühlte sich deswegen fast unwohl, obwohl er sich im Recht sah. Nach einer Weile fügte er hinzu: „Hören Sie, ich bin sehr müde, das war ein wirklich unschöner Tag für mich und ich bin momentan einfach kein guter Gesprächspartner."

Das Taxi fuhr nun endlich seine Straße an. Chap fühlte sich ein wenig erleichtert. „Sie können dort vorne neben den Mülltonnen halten." Das Taxi bremste langsam ab und hielt schließlich in der angegebenen Region.

Die Fahrerin zog die Handbremse und drehte sich um. Chap sah nun zum ersten Mal ihr Gesicht. Sie war nicht das, was man als klassische Schönheit bezeichnen würde, aber durchaus anmutig, wenngleich auch vom Leben gezeichnet. Die Narbe ging mit ein paar Unterbrechungen hoch bis zum Haaransatz und noch etwas weiter runter über die Wange. "Ich weiß, dass das für Sie nicht leicht ist, ich habe das selber durch. Diese Narbe hat mir das Opfer beigebracht kurz bevor meine KI ihn mit einer Glasscherbe enthauptet hat. Falls Sie es sich doch anders überlegen, rufen Sie mich bitte an. Wir sind eine lose Gruppe, die eine Idee verfolgt. Diese Straftaten durch KIs sind vermutlich was anderes als nur Fehlfunktionen."

Also keine Selbsthilfegruppe, sondern eine Gruppe von Verschwörungstheoretikern. Chap war davon noch weniger begeistert, aber eine nicht unattraktive Frau in seinem Alter sollte man nicht so schnell verwerfen, also nahm Chap die kleine Karte in Empfang und schaute kurz drauf. Es stand ein Name und eine Telefonnummer auf der Karte. Der Name lautete ‚Tia Dec'.

„Tia Dec, sind Sie das?"

„Ja, Wenn du magst kannst du mich einfach Tia nennen, Chap." Sie kannte seinen Namen, vermutlich von der Taxivermittlung, dennoch fühlte Chap sich sehr entwaffnet. Er drehte den Kopf leicht zur Seite, um Tias direktem und eindringlichem Blick auszuweichen.

„Das war fünfundzwanzig, richtig?"

„Behalte das Geld, Chap. Die Fahrt geht aufs Haus." Tia starrte ihn immer noch direkt an, so als würde es ihr Spaß machen, Chap mit bloßen Blicken zu verunsichern. Es war ein klares Machtspiel und Chap hatte wenig Lust darauf einzugehen.

Er öffnete die Seitentür und rutschte auf der Ledergarnitur des Taxis in Richtung Freiheit. Kurz vor dem Aussteigen warf er Tia noch einen Blick zu „Danke für die Fahrt - Tia - vielleicht sieht man sich mal wieder."

„Vermutlich." Die Antwort kam schnell. Er wollte schon längst aus dem Auto entkommen sein, und das letzte Wort gesprochen haben, um dann einen sauberen Abgang machen zu können. Aber diese Möglichkeit hatte sie ihm genommen.

Etwas unbeholfen machte er die letzten Schritte und schloss die Tür hinter sich. Das Taxi blieb stehen, er spürte Tias Blick in seinem Rücken wollte sich aber um nichts in der Welt umdrehen. Langsam, um sich möglichst wenig Unsicherheit anmerken zu lassen, schritt er in Richtung Eingangstür. Er kramte etwas zu hastig nach seinem Schlüssel und schaffte es im 3. Anlauf, das Schloss zu treffen und die Tür zu öffnen. Er stolperte hölzern in die Wohnung. Mit einer Handbewegung warf er die Tür hinter sich zu und wartete noch kurz, bis er das laute Klacken des Schlosses hörte. Er atmete tief durch und lehnte sich gegen die nächste Wand, da seine Beine nun doch etwas nachgaben.

Was für eine Frau. Erst da wurde ihm klar, dass seine Gedanken ja eigentlich mit anderen Dingen beschäftigt sein sollten. Er nahm die Karte aus der Tasche und überlegte kurz, ob er doch noch einmal nach draußen laufen sollte, als ein Motorengeräusch von der Straße durch die Eingangstür dröhnte. Mit einem leisen Seufzer schleppte er sich zur Treppe und damit in Richtung seiner Wohnung.

Geran beobachtete erneut das Ziel. Er hatte gehofft, alles mit seiner letzten Aktion beendet zu haben, aber sein Auftraggeber wollte bei dieser Frau nicht locker lassen. Jetzt, wo Geran gesehen hatte, dass sie mit einem weiteren Kandidaten interagiert hatte, verstand er auch warum - nicht, dass er dafür bezahlt wurde zu verstehen. Er stand in der Seitengasse an eine Wand gelehnt im Schatten von zwei Wohnhäusern. Seinen Hut hatte er tief ins

Gesicht gezogen aber sein künstliches Auge leuchtete dennoch leicht grünlich unter der Krempe hervor.

Für den Moment hatte er genug gesehen. Er speicherte ein schnelles Foto vom Fahrgast ab und zog sich weiter in den Schatten der Gasse zurück. Er überlegte kurz, ob er Bericht erstatten sollte, hielt es dann jedoch für besser, erst noch ein paar mehr Infos an Land zu ziehen. Dieser Auftrag hatte kein festes Zeitlimit und Geran genoss ein wenig die Illusion von Kontrolle. Er strich sich über das Kinn, die eine Seite teilweise metallisch und vernarbt, die andere mit groben Bartstoppeln versehen. Es würde eine Zeit kommen wo er vermutlich aktiv werden müsste und der Gedanke daran war nicht unbedingt angenehm für ihn. Es war in jedem Fall Drecksarbeit, aber irgendjemand musste sie ja machen.

Er griff in seine Manteltasche und zog eine Flasche Whisky hervor. Nach 3 starken Zügen revidierte er seine Entscheidung und schickte die Fotos und Ortungsinformationen, die er hatte, an die ihm so vertraute wie verhasste Adresse seines Auftraggebers. Er hatte keine Tonaufzeichnungen, es war nicht Teil des Auftrages - er sollte nur beobachten und das tat er. Ohne auf eine Antwort zu warten, drehte er der Straße den Rücken zu und bewegte sich durch die Seitengassen zurück zu seinem Auto. Wie so vieles in seinem Leben hasste er die engen, kleinen Pfade, die sich an den Gebäuden entlangarbeiteten. Nicht etwa, weil sie ihn an seine Zeit in Isolationshaft, oder an die Gewaltausbrüche, die dazu geführt hatten, erinnerten, sondern weil sie ihn daran erinnerten, dass er sich damals geschworen hatte, etwas Besseres aus seinem Leben zu machen und es nicht geschafft hatte. Es war ein bitterer Geschmack, der mit diesen Erinnerungen einherging, ein Geschmack, den er nicht einmal mit der größten Menge Alkohol wegspülen konnte, aber er ließ es gerne auf den Versuch ankommen und nahm noch ein paar Schlucke aus seiner Flasche. Nach dem zweiten Schluck wunderte er sich warum ihm nur mehr Luft in den Mund strömte, er konnte sich nicht daran erinnern, schon so viel getrunken zu haben. Wütend warf er die Flasche gegen die nächste Wand und beschleunigte seinen Gang. Die Mechanik in seinem Körper sorgte dafür, dass er nicht taumelte und die zweite KI in seiner Brust, unter seinem Herzen sorgte dafür, dass ihm die paar Sekunden von Freiheit, die er durch den kurzen Rausch hatte, nur noch kürzer vorkamen. Er schlug mit seiner rechten Hand gegen die metallische Brustplatte. Er verfluchte den Tag, an dem er den ersten kleinen, harmlosen Job angenommen hatte. Bevor er genau verstanden hatte um was es dabei ging waren die Jobs, die er annahm, bereits alles andere als harmlos. Als ihm das klar geworden war, war es jedoch schon zu spät für Reue. Er wollte schreien, er wollte toben, er wollte etwas zerstören, er wollte um sich schlagen. Er warf sich mit seiner linken Schulter gegen die nächste Wand. Das Gemäuer bröselte unter der Kraft der Hydraulik als das Metall auf die Steine traf.

Das Signal einer eingehenden Nachricht riss ihn aus seinem Wutanfall und holte ihn zurück in die Gegenwart. Er schluckte kurz, atmete tief durch und hörte sich die Nachricht an.

„Neues Ziel: Hal Pots, männlich 1,70 groß, schmächtig, schwarze Haare. Zuletzt gesehen im Bereich von

Säule Sechs. Auftrag: Eliminierung durch Unfall." Es waren fast immer Unfälle oder inszenierte Selbstmorde. Das ging zwar nicht immer schnell, aber dafür war er beim finalen Akt oftmals nur als Zuschauer dabei.

Irgendjemand musste ja die Drecksarbeit machen. Ganz gleich, ob er kooperieren würde oder nicht, Gerans Leben gehörte jemandem, den er noch nicht einmal gesehen hatte und er war sich sicher, wenn er seinen Job nicht machen würde, dann würde er einfach ersetzt werden. Er war ein austauschbares Werkzeug, nicht mehr. Machte ihn das überhaupt wirklich böse? Konnte eine Pistole etwas dafür, dass sie benutzt wurde, um jemanden zu erschießen? Er erfüllte nur seine Pflicht.

Utopie

Obwohl der Tag noch andauern würde hatte Chap wenig Interesse, sich mit irgendetwas auseinander zu setzen. Er war müde, lustlos und frustriert und das Nachdenken war im Moment einfach nur anstrengend und schwierig. Chap überlegte, ob er einfach nur ins Bett gehen sollte, aber neben seiner Müdigkeit hatte er auch noch Hunger. Es gab am Gericht zwar ein paar Snacks, aber nichts wirklich Zufriedenstellendes. Fast hätte er seine KI gefragt, ihm etwas auszusuchen, die Macht der Gewohnheit war noch stark präsent, aber bei jedem Gedanken an den Verlust wurde ihm die Realität wieder schmerzlich vor Augen geführt. Er ging langsam in die Küche und überprüfte am Display des Kühlschranks, was er aus den Vorräten so alles zusammenstellen konnte. Das Resultat war ernüchternd; denn Vorräte waren schlichtweg nicht vorhanden. Er hatte noch einen Birnensaft, der vermutlich seit ein oder zwei Wochen auch das gutmütigste Aufrunden seines Haltbarkeitsdatums überschritten hatte, und den Rest einer Pizzabestellung von vor einem Monat. Bei all den Konservierungsstoffen dürfte die Pizza sogar noch teilweise genießbar sein, aber riskieren wollte Chap es nicht. Der Magen drängte und Chap musste sich erst einmal an den Küchentisch setzen, um die Lage genauer zu überdenken. Selbst Einkaufen hieße, auf die Straße zu gehen und auf die Straße wollte er momentan definitiv nicht, da er Sorge hatte, Tia noch einmal über den Weg zu laufen. Vielleicht patrouillierte sie von nun an seinen Wohnblock, um ihn doch noch für ihre Sekte zu gewinnen. Hungrig ins Bett gehen blieb nach wie vor eine Option, über die er eine knappe halbe Stunde nachdachte, bis letztlich doch der Magen die Argumentation überzeugend gewann.

Mit unnötig viel Mühe und unter Einsatz all seines Selbstmitleides kramte Chap erneut sein PDA hervor, um einen Lieferdienst zu finden und zu kontaktieren. Es dauerte einige Zeit, um sich mit dem Umgang der Oberfläche vertraut genug zu machen, ein Net-Terminal öffnen zu können und sich in die öffentlichen Netze einzuklinken. An sich gab es weltumspannende Netzwerke, aber sie wurden streng kontrolliert und waren aufgeteilt in öffentliche, teilweise öffentliche und geschlossene Netze. Jedes Netzwerk erforderte die Einwahl über ein Net-Terminal. Normalerweise wurde das von KIs erledigt, aber PDAs übernahmen zumindest für die öffentlichen Netze diesen Anmeldevorgang sofern aktuelle Logindaten eingespeichert waren. Das war natürlich nicht mehr der Fall. Die eingetragenen Daten waren noch aus seiner Kindheit und allein durch seinen Job hatte sich sein Schlüssel mindestens einmal geändert. Das war ein Problem. Ein Schlüsselpaar zu übertragen war möglich, aber wieder mit Mühe verbunden. Ohne Privatschlüssel waren nicht einmal die öffentliche Netze zugänglich.

Chap kramte das Speichermodul hervor, das er nach dem Abschalten der KI erhalten hatte. Es war eine kleine, längliche Karte mit einer Grifferhöhung an einem Ende. Das war nichts, was Chap noch nie gesehen hatte, da Speichermodule grundsätzlich heutzutage zumindest vom Formfaktor her auf zwei Typen normiert waren. Er hatte wenig Bedenken, dass die Karte in sein PDA passen würde, er hoffte nur, dass sein PDA in der Lage war, den Output seiner KI zu entziffern. Die KI war zwar mittlerweile veraltet, jedoch erheblich viel moderner als das PDA. Es gab wohl nur einen Weg das herauszufinden. Chap steckte die Speicherkarte in das PDA und wartete den Einlesevorgang ab. Es dauerte nicht lange bis die ersten Ergebnisse sichtbar waren, aber schon die wenigen Sekunden waren für Chaps überreizte Nerven mehr als grenzwertig. Ungeduldig tippte er mit seinen Fingern auf dem Rahmen des PDAs herum und wippte mit dem Bein.

Wie konnte nur irgendjemand damit mal gearbeitet haben?

Als dann endlich der Inhalt auf dem Bildschirm erschien war Chap erneut am Überlegen, ob er seinen Hunger einfach vergessen könnte.

Die Techniker vom Gericht hatten sich viel Mühe gegeben, eine logische und klare Ordnung in die vielen kleinen und großen Dateien zu geben. Alles hatte eindeutige und klare Bezeichnungen und war in einem Suchbaum angeordnet. Chap tat sich sehr leicht, seinen Privatschlüssel zu orten. Die Schlüsseldatei wurde vom PDA auch bereits als eine solche erkannt und Chap musste nichts weiter tun als zu bestätigen. Er würde vermutlich später auch einige andere Dinge benötigen, also beschloss er, das Speichermodul vorerst im Gerät zu lassen.

Chap öffnete das Net-Terminal. Im Interface wurden ihm noch alle verfügbaren öffentlichen Netze angezeigt.

Er wählte das lokale Netz seines Bezirks. Das PDA wählte sich mühsam ein und zeigte ihm nach einigen zermürbenden Sekunden eine Liste verfügbarer Themen an. Essen, ganz gleich was, nur was in den Magen kriegen. Beim Durcharbeiten der nun angezeigten Liste bemerkte er, dass fast alle Restaurants bereits geschlossen hatten. Er schaute müde auf die Uhr am oberen Rand des Displays seines PDAs und erschrak. Seit seiner Heimkehr waren Stunden vergangen und ein Blick durch die Küchentür aus dem Wohnzimmerfenster verriet, dass die dunklen Nachtlichter angeschaltet waren. Es gab in seiner Gegend ohnehin schon nicht viele Restaurants und noch weniger, die um diese Zeit noch offen hatten, liefern würden oder Bestellungen nicht nur per KI, sondern auch per Anruf entgegen nahmen. „Man nimmt, was man kriegen kann", Chap entschied sich für einen kleinen japanischen Imbiss. Die Auswahl war nicht sehr groß und eindeutig nicht auf körperliche Unversehrtheit ausgelegt, aber es sollte in erster Instanz schnell gehen. Bei all den Zusatzstoffen hätte seine KI ihn an dieser Stelle sicherlich bevormundet und das machte Chap ein leicht schlechtes Gewissen. Er haderte mit sich. Ein Kampf Gewissen gegen Magen. Sicherlich hätte seine KI an der Stelle dafür gesorgt, dass ihm der Hunger verging, aber das konnte sie nun nicht mehr. Chap gab sich dem Hunger hin, um das Gewissen konnte er sich kümmern nachdem sein Magen aufgehört hatte zu krampfen. Er bewegte die Augen wieder auf die Speisekarte und entschied sich schnell. Es sollten ein paar Teigtaschen und ein Nudelgericht werden.

Chap wollte beim Restaurant anrufen. Nach dem Wegfindungsprozess mit dem Taxi dachte er jedoch noch einmal kurz nach: konnte er sich die Bestellung wirklich merken? Es gab keine Möglichkeit während des Gespräches auf die Webseite zu schauen. Er schaute sich in der Küche um. Es war ihm noch nie aufgefallen wie stark es hier bereits nach abgestandenem Müll stank. Seine KI hatte bislang die Geruchssinne der Umgebung angepasst, was verhindert hatte, dass er diese Gerüche bewusst wahrnahm. Es gab auch wenig Zweifel ob der Ursache des Gestanks: Alles, was man mit benutztem Geschirr vollstellen konnte war mehr oder weniger effektiv ausgenutzt worden. Fast schon mit künstlerischem Anspruch waren Lieferboxen von Restaurants und leere Flaschen zwischen das Geschirr drapiert. Es war ihm nie so aufgefallen, aber seine Wohnung glich einer Müllhalde Schlachtfeld. Zum ersten Mal seit Jahren - so kam es ihm vor - achtete er nun bewusst auf seine Umgebung. Seine Augen wanderten den Küchentisch entlang und verharrten für eine kurze Zeit auf einer Stelle, an der er etwas durch den Müll hindurchblitzen sah, das ihn stark an einen Kugelschreiber erinnerte. Endlose Überwindung kostete es ihn aufzustehen und die Stelle soweit zu klären, dass er den Kugelschreiber freischaufelte. Chap riss dann von einer der Essenspappverpackungen einen kurzen Streifen herunter und setzte sich wieder auf seinen Stuhl.

Er notierte die Bestellung kurz und konnte nun endlich bei dem Restaurant anrufen. Es dauerte ein wenig dann nahm eine KI den Anruf an. Chap war es nur Recht, keinen Menschen auf der anderen Seite zu hören. Es hatte wenig Lust heute zum dritten Mal seine missliche Lage zu erläutern. Die KI war höflich, aber so kurz angebunden, dass er mehr das Gefühl hatte, ein Formular auszufüllen, als eine Essensbestellung abzugeben. Hat meine KI auch so mit meinen Kunden gesprochen? Die KI teilte ihm mit, dass er jetzt oder bei Entgegennahme des Essens das Geld überweisen könne. Chap hatte seine Kreditkarteninformationen noch nicht vom Speichermodul auf sein PDA übertragen und konnte entsprechend nicht in diesem Moment zahlen. Genau genommen hatte er noch nie per PDA gezahlt und fragte sich wie komplex dieser Vorgang wohl werden könne.

Die KI gab an, dass Chap sein Essen in einer halben Stunde bekommen würde und bedankte ich förmlich, aber unpersönlich und das Gespräch war beendet. Ein leiser digital eingespielter Ton signalisierte das Entkoppeln des verschlüsselten Verbindungstunnels zwischen Chap und dem Restaurant. Obwohl es kaum hörbar war, empfand Chap den Ton wie das Knallen einer Startschusspistole. Er riss sich das PDA vom Ohr und begann fieberhaft die Liste der installierten Applikationen zu durchsuchen. Getrieben von der grenzenlosen Unlust sich mit leerem Magen an der Tür mit einem Lieferanten darüber auszutauschen wie man von einem veralteten PDA eine Überweisung startete fand er schließlich eine Applikation, die offenbar zu diesen, oder einem ähnlichen Zweck entworfen worden war. Nach dem Reinkopieren der Kreditkarteninformationen spuckte die Applikation einen alten QR-Code aus. Chap war sich nun noch unsicherer als bislang, ob das funktionieren würde, aber er hatte wohl keine Wahl, als es drauf ankommen zu lassen. Zu diesem Zeitpunkt war ihm allerdings auch bewusst geworden, dass die Suche knappe 25 Minuten in Anspruch genommen hatte. Nervös und von Hunger zernagt wartete er auf die Türklingel, das PDA mit beiden Hängen fest umklammert und die Bankapplikation offen und sichtbar.

Es klingelte. Chap erhob sich und wankte mit weichen Knien zur Tür. Es war kein gutes Gefühl. Die Tür ging auf und ein junger Mann lächelte ihn gezwungen an.

„Hallo, ich habe hier Ihre Bestellung und würde Sie bitten kurz auf dieses Display schauen würden, damit ihre KI den Bezahlcode lesen kann ... sind Sie ok?" das Wort KI kam ungelegen, Chap verlor den Halt und musste sich am Türrahmen abstützen. Offenbar verriet sein Gesicht weit mehr als er hoffte. Leicht zitternd und wortlos hob er das PDA mit dem QR Code auf dem Display hoch. Der Lieferant schaute ihn kurz an, schaute dann das PDA an und grinste schnell.

„Alles klar, einen Moment bitte." Offenbar aktivierte er eine Leitung zum Restaurant über seine KI und schaute dann einmal auf sein Display und anschließend auf das Display vom PDA. Er wartete ein wenig.

„Bitte ... bitte nehmen Sie noch 15% Trinkgeld." Es war angebracht und allein die gesellschaftliche Obligation machte es Chap leichter diesen Satz über die Lippen zu bringen. So war er zumindest nicht komplett stumm gewesen.

Der Lieferant schaute ihn kurz grübelnd an, blickte dann noch einmal kurz auf das PDA und wartete ein paar

Sekunden. Schließlich schaute er Chap aufgesetzt lächelnd in die Augen und überreichte ihm das Essen.

„Vielen Dank, die Zahlung ist erfolgt, ich wünsche ihnen einen guten Appetit!"

Chap brachte immerhin ein leises "Danke" über die Lippen und verbrannte seine übrigen gebliebenen Kraftreserven damit die Tür nicht zu schnell, aber auch nicht zu langsam zu schließen. Auf dem Weg zurück in die Küche schaute er kurz auf sein PDA. Es zeigte jetzt folgerichtig den vollständigen Bezahlvorgang an, ganz so, wie seine KI es auch gemacht hätte. Es hatte offenbar alles seine Richtigkeit also legte er das PDA zum ersten Mal seit knapp einer Stunde aus seinen verkrampften und verschwitzten Händen. Es lag nicht weit von seinem heiß ersehnten Essen weg, aber weit genug, um es nicht unnötig der Gefahr einer Verunreinigung ausgesetzt zu sein.

Es war keine grandiose Mahlzeit, aber es füllte den Magen mit Nahrung und den Geist mit Triumph über die Errungenschaft.

Unverbundenheit

Eine Woche später hatte Chap sich mit einigen Gegebenheiten besser angefreundet. Anfangs hatte er viele Kleinigkeiten vergessen, wie etwa den Wecker zu stellen. Das hatte es ihm jedoch auch ermöglicht, endlich ein wenig Schlaf aufzuholen. Er fühlte sich nun wieder etwas aufgeladener und nicht mehr so passiv und pessimistisch. Er hatte ja keine Wahl, er musste sich mit der Situation abfinden; denn ab jetzt musste sein Leben ohne KI funktionieren. Einfach war es nicht gewesen, den Lebensmut wieder zu finden, aber er hatte bemerkt, dass er für vieles nicht wirklich eine KI brauchte. Heute war der Tag, an dem er sein Leben aufräumen wollte. Morgen würde eine neue Arbeitswoche starten und er wollte sich bis dahin ein Umfeld schaffen, das seine Sinne nicht derartig angriff.

Er hatte die letzte Woche damit zugebracht vor der dreckigen Wohnung und den verschmutzten Straße zu flüchten und festgestellt, dass die Stadt allgemein von ziemlichen Gestank und einer hohen Lärmbelastung heimgesucht wurde. Eine Flucht war also ausgeschlossen. Einzig in den Datencentern unter der Stadt war es erträglich was den Geruch anging, der Lärm hingegen wurde da nur schlimmer. Aus diesem Grund hatte er am Vorabend den Entschluss gefasst, zumindest in seinem eigenen Zuhause eine Art Oase zu schaffen, in der er seine Sinne nicht auf einem ewigen Schlachtfeld mit der

Umwelt sah. Gleich am Abend hatte er noch eine bedeutendere Menge Müllsäcke zur allgemeinen Entrümpelung beschafft und angefangen die Waschmaschine mit den Bergen von Schmutzwäsche vollzustopfen. Das Einkaufen über PDA wurde immer natürlicher. Er fühlte sich immer noch von neugierigen Blicken durchbohrt, aber gleichzeitig hatte er das Gefühl, deutlich mehr Kontrolle über sein Geld zu haben als vorher. Heute war er nun seit 2 Tagen nicht vom Wecker, sondern vom Signal der Waschmaschine geweckt worden. Es hörte sich angenehm nach erledigter Arbeit an.

Nach einer gewissen Phase der Passivität wird man entweder endgültig faul oder so von Tatendrang geschüttelt, dass man Berge versetzen könnte. Chap war sich nicht so ganz sicher was von beidem auf ihn zutraf. Er hatte seine Passivität ja überhaupt erst bemerkt nachdem seine KI sein Umfeld nicht mehr vor ihm verschleiert hatte und zu dem Zeitpunkt hatte er bereits Jahre lang so gelebt. Normalerweise wurde so gelebt, dass einfach in regelmäßigen Abständen die Ungeziefervernichtung eintraf und das Haus wieder bewohnbar machte. Das wollte Chap zumindest für sich ändern: hier und jetzt. Der Geist war willig und wollte loslegen und dennoch kostete es zumindest anfänglich einige Überredungskunst, um seinen behäbigen Körper dahingehend zu motivieren tatsächlich etwas zu unternehmen. Chap war nicht dick, die KI verbrannte alle überflüssigen Kalorien und sorgte dafür, dass die Muskulatur auf einem gesunden Standard gehalten wurde, aber das änderte nichts daran, dass er sich ungesund und träge fühlte. Fitness hatte eben auch etwas mit Körpergefühl zu tun und das konnte die KI nicht liefern.

Chap stand in der Küche mit einem geöffneten Müllsack und fing an, alles, was nicht mehr absolut abwaschbar war, zu entsorgen. Die Müllsäcke füllten sich schneller als erwartet und er war froh, einen größeren Vorrat angelegt zu haben auch wenn er stark bezweifelte, dass er ausreichen würde.

Der Tag endete spät. Chap war nicht ganz fertig geworden, aber zumindest die wesentliche Wohnfläche hatte nun einen angenehmeren Duft und er hatte wieder Platz, um sich zu bewegen, sowie eine große Menge an frischer Wäsche. Mehr, als er jemals verstauen könnte. Anstatt zu waschen hatte er sich angewöhnt, immer nur neue Sachen zu kaufen sobald die älteren zu abgetragen wirkten. Er würde also bald aussortieren müssen, aber das hatte erst einmal zu warten, denn morgen wollte er wieder anfangen zu arbeiten. Seine Mailbox quoll langsam über vor Anfragen und sein altes PDA hatte Schwierigkeiten, diese Datenmenge zu managen. Vor dem Schlafengehen durchforstete er noch einmal seine Mails, um den morgigen Tag besser planen zu können. Der Vorgang war langsam und träge und zerrte an den Nerven. Chap wollte gut ausgeschlafen sein, da er einen langen Tag vermutete, aber das PDA war klar am Limit seiner Kapazität angelangt. Er gab schließlich auf, überprüfte den Wecker und legte sich schlafen.

○ ◊ ○

Der nächste Tag fing erfreulich früh an. Nach einem schnellen Frühstück währenddessen das PDA sich weiter mit seiner Mailbox synchronisierte nahm er die ersten drei Mails, die fertig geladen waren und las sie durch. Eine war Werbung und die anderen beiden waren Aufträge unten in den Datencentern für die Wartung von recht neuen Servern. Chap bestätigte, schnappte sich seine Jacke und fiel vor Übereifer fast direkt zur Tür hinaus. Er zog sich seine Schuhe an und verließ die Wohnung mit dem PDA am Ohr ein Taxi zu rufend.

Lange warten musste Chap nicht. Ein Taxi kam mit leicht überhöhter Geschwindigkeit in die Straße eingebogen und hielt kurze Zeit später direkt vor ihm. Ein älterer Mann in einem abgetragenen roten Pullover blickte ihn vom Fahrersitz aus durch das Fenster an.

„Haben Sie ein Taxi bestellt?“ Seine Stimme klang rau, aber bestimmt. Er hatte einen leichten Akzent den Chap nicht vollständig zuordnen konnte. Vermutlich irgendetwas östliches, spielte aber keine Rolle. Chap öffnete sich die Tür und stieg ein.

„Ja, Ich müsste zum Datencentereingang von Säule zwei.“ Die hintere Sitzbank wies klare Gebrauchsspuren auf und roch definitiv nicht mehr neu. Chap rutschte bis zur Mitte durch und kurbelte das hintere Fenster ein wenig herunter, um den Zigarettenqualm für sich etwas erträglicher zu machen.

„Sie arbeiten als Techniker?“ Das Taxi fuhr glücklicherweise schneller los als der Mund des Taxifahrers Fragen stellte. Chap hatte zumindest den Ansatz einer

Hoffnung, dass die Taxifahrt nicht in eine rege Unterhaltung ausarten würde.

„Ja." Kurze Antworten vermeiden Folgefragen - soweit die Theorie.

Leider hielt das den Taxifahrer nicht davon ab kreativ zu werden und weiter nachzubohren. „Mein Sohn arbeitet auch als Techniker, vielleicht kennen Sie ihn. Er kümmert sich um die Verkabelungen in Säule sechs." Ja, in einer Stadt mit über einer Milliarde Menschen war die Wahrscheinlichkeit einen bestimmten anderen Techniker zu kennen nicht gerade als enorm hoch anzusehen.

„Vermutlich eher nicht." Es klang gerade nicht entrüstet genug, um als Affront angesehen zu werden, aber das lag nicht daran, dass Chap es nicht versucht hätte.

„Er hat mir letztens erzählt, dass er dort so einige Datenströme aus Testzwecken immer mal wieder anzapfen muss." Chap war sich an dieser Stelle sicher, bis zum Ende der Fahrt die gesamte Lebensgeschichte des Taxifahrers und all seiner Familienmitglieder erfahren zu haben. Er zog sich in eine semi-passive Zuhörhaltung zurück und genoss eine nicht enden wollende Anzahl von diversen Verkehrsverstößen, die der Taxifahrer beging als er sein Auto in deutlich zu hoher Geschwindigkeit in Richtung Hauptstraße steuerte.

„Einmal hat er eine seltsame Übertragung beobachtet, die scheinbar gezielt eine KI angesteuert hat." Der Fahrer machte eine deutliche Pause und schaute in den Rückspiegel, so als warte er auf eine Reaktion zu seiner Story, die er selbst offenbar als enorm interessant eingestuft hatte. Tatsächlich war Chap nicht wenig neugierig, aber er hatte die zu starke Vermutung, dass er diese

Neugierde würde bezahlen müssen, also gab er sich größte Mühe sein Gesicht nicht über seine innere Unruhe zu informieren.

„Das ist jetzt ein Jahr her, mein Sohn ist leider bei einem Unfall in Säule sechs ums Leben gekommen. Ein seltsamer Unfall war das. Er hat sich in Stromkabeln verfangen … ." Der Fahrer machte eine Pause, um seine etwas zu offensichtlich gespielte Trauer zu betonen. Entweder war er schon gut über den Vorfall hinweg, oder der Vorfall hatte sich in der Form nie ereignet. Chap war in jedem Fall vorsichtig damit, der Geschichte auch nur in moderater Form Glauben zu schenken. Unterstrichen wurde die Vermutung noch durch das Augenpaar, dass ihn noch immer durch den Rückspiegel prüfend anstarrte.

„Es scheint Sie nicht gerade mitgenommen zu haben?" Es war ganz sicher ein Fehler eine solche Frage zu stellen, aber Chap konnte sich die Bemerkung nicht verkneifen, die Zielscheibe war einfach zu groß und Chap war deutlich zu zynisch, um nicht abzudrücken.

„Die Zeit heilt viele Wunden." Abgedroschener Spruch, lustlos gemurmelt - ganz klar eine schlechte Ausrede. Das Taxi bog endlich und deutlich zu spät auf die Hauptstraße ein, der Fahrer ließ jedoch das Steuer nicht los. Normalerweise wurde hier von der KI übernommen, weil die Geschwindigkeiten zu hoch waren und der Verkehr zu eng gestaltet war.

„Manche Wunden bleiben vielleicht für immer offen … ." Aus dem prüfenden Blick wurde langsam ein ernster während sich im Taxi eine unangenehme Stille ausbreitete. Hinter der Story war offenbar doch deutlich mehr als der Fahrer zugeben wollte.

Nach einiger Zeit sagte der Fahrer schließlich zögernd: „Ich will nicht lügen, die Geschichte ist nur halb wahr." Er fügte eine Pause ein aber seine Augen blieben strikt auf die Straße gerichtet. Es war eindeutig, dass er an diesem Punkt kein Interesse mehr daran hatte, Chaps Reaktionen zu lesen. „Es war nicht mein Sohn, sondern mein Freund." Diesmal zitterte die Stimme ein klein wenig. Er suchte nach Fassung und fand sie wieder. „Und ... und es war kein Unfall." Chap konnte sich den Rest ausmalen, das letzte Puzzleteil fiel an seinen Platz. „Ich ... ich meine, meine KI ... hat ihn umgebracht - durch mich."

Der Taxifahrer hatte also keine KI mehr, Chap und er teilten ihr Schicksal. Es war schon seltsam wem er in letzter Zeit so im Taxi begegnete, fast mehr als ein einfacher Zufall und Chap ahnte schon fast was nun kommen müsste, aber es kam nicht.

Das Taxi bog von der Hauptstraße ab. Noch immer schwieg der Taxifahrer und es wirkte nicht so, als würde sich an diesem Zustand so schnell etwas ändern. Er hatte offensichtlich mit etwas in sich zu kämpfen. Es war nicht möglich festzustellen, ob er sich wegen dem Mord Vorwürfe machte, oder an seinen Verlust dachte. Chap wunderte sich an dieser Stelle, dass er selbst nicht wirklich mit der Sorge zu kämpfen gehabt hatte, dass sein Körper als Mordinstrument verwendet worden war. Irgendwie hatte sich sein ganzes Denken und Bangen immer nur um seinen persönlichen Verlust gedreht, nie um die Tat selbst.

Upgrade

Die Arbeit als solche war nie Chaps Problem gewesen. Er hatte früh gelernt diszipliniert und konzentriert an einer Sache dran zu bleiben, bis sie letztlich zur Zufriedenstellung als vollendet angesehen werden konnte. Er hatte auch selten ein Problem, mit unkonventionellen Lösungen. Meist lag die Lösung auf der Hand. Die Werkzeuge waren oft in Hülle und Fülle vorhanden oder er kannte zumindest einen vielversprechenden Weg, mit dem er erst einmal loslegen konnte. Nie jedoch hatte er sich einem Problem gegenüber gesehen, wie es ihn bei diesem Job erwartete.

Chap hatte es mit einem relativ neuartigen Server zu tun. Er kannte das Modell recht gut und hatte auch bereits einen sehr ähnlichen Fall vor nicht allzu langer Zeit gehabt. Er wusste ziemlich genau, wo er zu suchen hatte und was eine vollwertige Problemlösung mit sich bringen würde. Er schätzte, dass es zwei oder drei Stunden dauern würde - vorausgesetzt er hatte das richtige Werkzeug dabei.

Leider war genau da der Haken. Ohne seine KI musste er selbst die Suchalgorithmen schreiben und die Ergebnisse durchsuchen. Soweit war es noch erträglich. Zwar nicht schön, aber ein gut kalkulierbarer Zeitverlust. Wo die richtigen Probleme anfingen war viel elementarer: Chaps PDA war nicht in der Lage, sich mit der neuen Schnittstelle des Servers zu verbinden. Das war ihm bislang in der Form noch nicht begegnet und er war sich unsicher wie er damit umgehen konnte.

Die KI war nicht mehr in der Lage irgendwie auf die Elektronik in Chaps Kopf und Körper zuzugreifen, aber die Schnittstellen und Anschlüsse an seinem Körper waren sehr wohl noch vorhanden und nutzbar. Es war möglich den gefragten Datensatz in seinen Körper zu laden und dort mit dem PDA zu bearbeiten. So etwas konnte körperlich sehr anstrengend werden - ganz besonders ohne die KI als Puffer dazwischen - da er so den gesamten Datensatz direkt in seine aktiven Gehirntätigkeiten laden musste. Sein Kopf hatte sich nun erst einmal mit den neuen Informationen auseinander zu setzen. Chap spürte beinahe sofort die Last und den Druck im Kopf. Der Schmerz kam schnell und erbarmungslos. Tränen schossen aus seinen Augen. Er schluckte ein Wimmern hinunter in der Hoffnung, dass das bald vorbei sein würde. Nach Minuten, die wie Stunden wirkten, ließ der Druck langsam nach.

Sobald die Kopfschmerzen halbwegs im Griff waren dockte Chap sein PDA in die Schnittstelle in seiner Schläfe dazu. Nun hatte er Mühe, die Verbindung zwischen Server und PDA in seinem Bewusstsein aufrecht zu halten. Viel Übung hatte er darin nie aufbauen können, zumal dies normalerweise komplett von der KI übernommen wurde. Der Prozess war entsprechend langsam und nicht ganz schmerzfrei. Es war mehr als eindeutig, dass die Maschine in seinem Körper nie dazu konzipiert worden war von einem Menschen bedient zu werden. Die Verbindungen brachen immer wieder ab, aber er arbeitete sich weiter durch. Ein Zurück konnte es an dieser Stelle ohnehin nicht mehr wirklich geben, da die Datensätze nahezu vollständig in seinem Kopf zwischengespeichert waren. Das Durchsuchen blieb allerdings eher mühsam Er wusste zwar in etwa, was er tat, aber ohne die korrigierende Überwachung der KI brauchte er mehrere Anläufe, um die richtigen Komponenten herauszufiltern. Es bestand kein Zweifel daran, dass der Kunde niemals dafür aufkommen würde. Es war also klar verlorene Zeit. Dennoch musste er diesen Job erledigen - der Server musste so bald wie möglich wieder online gehen.

Bei seinem sechsten Versuch einen Algorithmus zu erstellen bemerkte er, dass unter den Daten offenbar einige zusätzliche Konstrukte waren, die mit dem Server selbst nichts zu tun hatten, wohl aber über die gleiche Leitung liefen. Die Zeit drängte und er würde ohnehin schon zu lange brauchen. Chap entschloss sich, die entsprechenden Dateien zur späteren Analyse in einem Nebenspeicher in seinem Kopf zu verschieben und sich zunächst auf das Hauptproblem zu konzentrieren.

Nach neun Stunden war es dann letztlich soweit. Das Problem war über massive Umwege gelöst worden, aber es war gelöst. Chap war klar, dass er so nicht wirklich sinnvoll weiterarbeiten konnte. Mit der Vermutung, dass neuere PDAs über solche Schnittstellen verfügen würden und ihn vermutlich bei seiner Arbeit noch besser unterstützen könnte, fasste er den Entschluss, sich sobald als möglich einmal nach einem neuen PDA umzusehen. Er hatte wenig Ahnung über den derzeitigen Stand der Technik in diesem Bereich und bislang auch nicht viel Interesse daran gehabt. Chap zog sich langsam alle

Kabel ab und leerte den Hauptspeicher in seinem Kopf. Am Ende verfasste er auf seinem PDA eine kurze, aber freundliche und nicht zu unpersönliche Mail an seinen Auftraggeber und verließ das Gebäude.

○ ◇ ○

Anstatt ein Taxi zu rufen beschloss er, zu Fuß zum nächsten Elektronikgeschäft zu pilgern. Nach einer kurzen Anfrage erschien auch eine Liste von möglichen Shops. Eines dieser Geschäfte war näher als er gehofft hatte. Gleichzeitig war es auch ein expliziter Fachhandel für PDAs und Compuboards. Genau die Anlaufstelle, die er brauchte.

Das Klima war vermutlich wieder etwas außer Kontrolle, jedenfalls fühlte sich die Luft deutlich zu kalt an und Chap wünschte sich, zumindest eine warme Jacke anziehen zu können. Die Strecke war zwar nicht lang, aber unter diesen Witterungsbedingungen sah er sich doch einem ungemütlichen Weg gegenüber. Eigentlich hatte er bereits wieder voll in den Job einsteigen wollen, dafür brauchte er jedoch bessere Ausrüstung. Also atmete er noch einmal die leicht erwärmte Luft ein, steckte er sich das Hemd besser in die Hose, zog sich das Sakko zurecht und verließ die Überdachung des Eingangs von Säule sechs.

Der Weg war weich beleuchtet von mehreren neonfarbenen, flackernden Bildschirmen, welche die Straßenseiten säumten. Da die Deckenreflektoren derzeit kein Licht durchließen waren sie die bestimmenden Beleuchtungsquellen, die andere Lichter, wie Straßenlampen und Scheinwerfer mit Leichtigkeit schluckten. Chap hatte noch nie groß auf diese Bildschirme geachtet und daran hatte sich seit dem Wegsperren seiner KI auch nichts geändert. Allerdings waren die grellen Farben ohne das Eingreifen der KI nun doch deutlich greller und die von den Lautsprechern unter den Bildschirmen verursachte Geräuschkulisse unangenehm laut. Die Kakophonie der konstant einprasselnden Werbung mischte sich dissonant mit dem restlichen Straßenlärm. Chap hatte das Gefühl, dass dies alles nur ihm galt, da es niemand anderen um ihn herum zu stören schien. Diese und ähnliche Gedanken durchdrangen seinen Kopf während er sich den Weg weiter durch die anonymen Menschenmassen bahnte. Mehr getrieben als treibend bewegte er sich voran. Das half zwar gegen die Kälte, aber er hatte das Gefühl wieder ein wenig von der Kontrolle über seinen Körper, die er sich in den vergangenen Wochen so hart erkämpft hatte, abzugeben. Das missfiel ihm sehr. So sehr, dass er kurz davor war sein PDA nach einer alternativen Route, weg von der Hauptstraße zu befragen. Das hätte allerdings wieder für unnötige Aufmerksamkeit gesorgt, da niemand ein PDA befragen würde, der noch eine KI im Kopf hatte. Er beschloss, sich von der Masse treiben zu lassen. Dabei musste er daran denken, wie er solche Dinge noch vor kurzem blind genossen hatte, wenn seine KI das gemacht hatte. Im gleichen Gedankengang tauchten dann allerdings wieder die Bilder vom Mord auf. Vom Gesicht des Opfers, dass er sich in seiner Fantasie ausgemalt hatte, zumal er bei der Tat nicht geistig anwesend gewesen war. Von der Verhandlung und der Hilflosigkeit, mit der er sich plötzlich konfrontiert sah. Er wollte nie wieder so hilflos sein. Er wollte sein Leben in den Griff bekommen und nicht so werden wie Tia. Immer an etwas hängend, was nicht mehr da war. Die Schuld bei anonymen Bösewichten suchend. Nein, er wollte sein Leben meistern und wieder Oberwasser bekommen.

Er kämpfte sich gegen die Menschenmasse frei. Drückte die Menschenmasse links und rechts neben ihm weg, drängelte sich durch, spürte mit Genuss wie die anderen Körper gegen seinen schleiften – versuchten, ihn aufzuhalten aber es nicht schafften. Er labte sich daran, beschimpft zu werden, aus der Norm herauszubrechen. Er wollte allen zeigen wie selbständig er war, wie wenig er die Masse brauchte. Er war der Star in seinem Leben und nicht länger ein Statist wie alle um ihn herum. Er würde Maschinen zu Sklaven machen und nie wieder der Sklave einer Maschine sein. Er war jetzt auf dem Weg, um ein Werkzeug zu kaufen, ein Hilfsmittel, ein Ding.

In dem Geschäft angekommen suchte er sich selbstbewusst den ersten Verkäufer. Einen wirklichen Plan hatte Chap nicht, er wollte eben ein Upgrade. Er hatte eine ungefähre Vorstellung von den Grundlagen, die er benötigen würde, um dieses Werkzeug gewinnbringend zu verwenden, aber alle anderen Belange waren ihm eher nicht so ganz klar. Das Geschäft war nicht gigantisch, aber groß genug, um zumindest drei Verkäufer zu beschäftigen. Die zwei ersten, denen Chap über den Weg lief, waren eindeutig sehr beschäftigt, der dritte war gerade dabei, ein Regal mit neuer Ware zu bestücken.

„Entschuldigen Sie bitte." Es fiel Chap immer schwer auf sich aufmerksam zu machen, insbesondere in diesem Moment, wo er kurz davor das Gefühl gehabt hatte der Mittelpunkt von allem zu sein und jetzt feststellen musste, dass das offenbar nicht von jedem so gesehen wurde.

Der Verkäufer starrte weiterhin in sein Regal hinein und murmelte durch seine kaum geöffneten Lippen hindurch: „Ja, bitte?"

Auch wenn es nur eine kleine Geste war, so bedeutete sie für Chap die Welt. Er stand wieder im Mittelpunkt der Aufmerksamkeit. Der Statist hatte sich nun um den Protagonisten, also um ihn zu kümmern: „Ich brauche ein neues PDA."

Der Verkäufer hielt inne. Langsam drehte er den Kopf zur Seite und musterte Chap. „Für ihr Kind? Junge oder Mädchen?"

„Nein, für mich." Die Frage hatte Chap stark aus dem Gleichgewicht gebracht. Seine Antwort klang deutlich zu überrascht. Es war ihm nie wirklich in den Sinn gekommen, dass der normale Kunde hier eher für ein Kind einkaufen würde.

Nun hatte der Verkäufer seine Tätigkeit komplett abgebrochen. Chap war nun wohl doch deutlich interessanter als der Inhalt des Regals. In den Augen des Verkäufers sah Chap schlecht gespieltes Mitleid. So als würde er ein angefahrenes Reh betrachten und sich überlegen, ob er es retten oder notschlachten sollte.

„Was stellen Sie sich denn da so vor?" Offenbar hatte er sich erstmal für die Rettung entschieden.

„Nun ja, ich habe derzeit dieses alte Gerät, leider brauche ich für meine Arbeit auch neuere Schnittstellen. Es wäre dennoch angenehm, wenn auch ältere Schnittstellen und APIs unterstützt werden. Ehrlich gesagt kenne ich mich nicht wirklich gut mit diesen Geräten aus.“ Je länger er redete, desto unsicherer wurde er. Genaugenommen war er dem Verkäufer komplett ausgeliefert. Wieder einmal hilflos. Ohne KI konnte er sich nicht einfach schnell Informationen besorgen und per PDA war eine Recherche in der Öffentlichkeit eine heikle Sache „Es sollte noch schnell sein ... falls möglich.“ Ein Nachsatz ohne viel Ton. Er war sich nicht mal sicher, ob der Verkäufer ihn überhaupt gehört hatte.

„Kommen Sie bitte einmal mit.“ Der Verkäufer machte eine halbherzige Geste mit seinem Arm und drehte Chap den Rücken zu. Mit forschen, aber langsamen Schritten bewegte er sich durch die Gänge des Geschäftes mit Chap im Schlepptau. Schließlich hielt er vor einem Regal mit mehreren PDAs. „Sie sehen hier einen guten Querschnitt durch den kompletten Markt. Ich denke, dass Sie eher etwas im Highend benötigen dürften.“ Er griff nach einem PDA weiter oben in der Reihe. Es war ein schlankes und modern aussehendes Ding. Der Bildschirm ummantelte einen Großteil der Oberfläche und ließ Platz für allerlei Anschlüsse. „Es gibt viele weitere Anschlüsse und Adapter, die Software ist stark erweiterbar und unterstützt bereits fast alle gängigen APIs.“ Er hielt in seiner Rede kurz inne, als würde der nachdenken müssen und fügte dann hinzu: „Es ist auch das leistungsfähigste und schnellste PDA, dass wir hier haben." Ein kleines hoffnungsvolles Lächeln unterstrich die Beendigung seines Plädoyers.

„Klingt gut, gibt es Alternativen mit anderen Stärken?" Eigentlich war die Suche aus Chaps Sicht beendet, aber er wollte auf Nummer Sicher gehen.

Der Verkäufer dachte kurz nach und wollte schon für eine Antwort ausholen als er kurz stoppte und meinte: „Nur wenn Sie lieber ein Compuboard hätten. Weniger portabel aber natürlich deutlich leistungsfähiger."

„Nimm dieses Compuboard", die krächzende Stimme war einem kleinen, schmächtigen Mann entwichen, der gerade am unteren Ende in den Gang eingebogen war. Mit einem verpackten, schwarzen Compuboard in der rechten Hand kam er langsam auf Chap und den Verkäufer zu. „Dieses Compuboard ist genau das, was du willst."

Chap war leicht verwirrt. Ein Compuboard war ihm nie wirklich in den Sinn gekommen und er wollte eigentlich auch eher etwas, das er verschwinden lassen konnte. Ein Compuboard war dann doch eher etwas, das nur sehr offensichtlich transportiert und nicht einfach bequem in einer Tasche herumgetragen werden konnte. Natürlich war es zu bevorzugen was Funktionalität und Leistungsfähigkeit anging, aber es war ihm unangenehm. So sehr er gerade noch voll Stolz über seine gewonnene Unabhängigkeit war, so sehr wollte er nun doch wieder im Schatten verschwinden. So ein plakatives Zeichen von seinem Verlust vor sich her zu tragen, schien für heute doch ein Schritt zu viel.

„Wenn Sie vernünftig arbeiten wollen, dann sollten Sie dieses Compuboard nehmen." Der Fremde schob die längliche Verpackung herausfordernd gegen Chaps Brust. Auf der Verpackung war der Inhalt abgebildet. Es hatte eine rechteckige, flache Form mit einer leicht geschwungenen Kante nach unten, wo eine als Beispiel extrudierte Tastaturkonfiguration zu sehen war, die nahtlos in den biegbaren Bildschirm mündete. Die Tastatur konnte beliebig konfiguriert werden, den kompletten Bildschirm einnehmen und auch komplett verschwinden, um einem größeren Monitor Platz zu machen. Die Tasten hoben sich aus der dynamischen Oberfläche heraus, ganz so wie gewünscht, um eine möglichst gut optimierte Arbeitsumgebung für jede Situation zu erschaffen. Das Compuboard war faltbar wie ein Buch, aber offenbar auch rollbar, um es als Telefon zu verwenden. An den Rändern befanden sich diverse Anschlüsse und Schnittstellenkopplungen für alle möglichen Fälle. „Alles andere hier ist Spielzeug. Ich habe das erst selber lernen müssen."

Der Mann hatte tatsächlich Recht. Dieses Gerät wäre wohl der ideale Ersatz für eine fehlende KI. „Gibt es das auch etwas mehr im Taschenformat?" Chap kannte die Antwort, wollte es aber nichts unversucht lassen.

Der Verkäufer sah seine Chance zumindest noch ein weiteres Wort in dieser Diskussion sprechen zu können: „Nicht mit dem Funktionsumfang, aber wenn Sie bereit sind, auf ein paar Kleinigkeiten zu verzichten kann man da schon was machen." Es wurde also in jedem Fall ein Kompromiss draus, ganz gleich wie er sich entschied. Entweder er würde ein Aushängeschild mit sich herum tragen und vollwertig arbeiten können, oder er würde wieder Informationen auf schmerzhafte Weise durch seinen Körper zu leiten haben. Allein der Gedanke an die Schmerzen ließ ihn erschaudern. Kurz fiel ihm wieder ein, dass er noch Daten in seinem Nebenspeicher hatte, die er sichten wollte, aber im Moment waren andere Dinge deutlich wichtiger.

Der kleine Mann lächelte. „Sie haben meine KI vor Jahren abgeschaltet. Damals war es mir peinlich. Man lernt damit umzugehen und dann bereut man schlechte Entscheidungen und unnötige Kopfschmerzen." Da war was dran. Aber die Geräte waren nicht so teuer, dass er sich nicht beide hätte leisten können. Es ging hierbei eher darum, dass er sich nicht unnötig mit mehreren Geräten abschleppen wollte. Zudem fühlte er sich bei dem Gedanken wohler, alles in einem Gerät zu haben und sich nicht unnötig mit Tätigkeiten rumplagen zu müssen, die man leicht vergessen konnte, wie Datenübertragungen oder Gerätepflege.

Der kleine Mann legte seinen Arm um Chap und drehte sich zusammen mit ihm vom Verkäufer weg. „Hören Sie, ich weiß, wie es ist. Ich habe erst mit der Hilfe der erweiterten API des Compuboards die Logs komplett durchschauen können und ein paar Dinge gefunden, die mich nachdenklich gemacht haben. Sie sollten wirklich entweder klar danach streben, ihre KI zurück zu gewinnen, oder sich entscheiden, sie zu vergessen. Das Compuboard ist ein Weg, mehr zu erfahren, das PDA ist ein Weg vor dem Problem wegzulaufen."

Plötzlich war es keine technische Frage mehr, sondern eine tief philosophische Frage, die seinen weiteren Werdegang bestimmen könnte. Mit einem Mal hatte er das Gefühl, diesen Mann ignorieren zu müssen, da er sich mit keiner Faser seines Seins dazu bereit fühlte, eine solche Entscheidung an diesem Punkt zu treffen. Vor kurzem war er noch ein stolzer, euphorischer Verfechter seiner frisch gewonnenen Freiheit und seiner Selbstermächtigung, und jetzt stand er da als jemand, der vor seinen Problemen damit nur flüchten würde. Chap musste die innere Verwirrung erst einmal abarbeiten bevor er in der Lage war weiter zu reden. Tief drinnen war ihm klar, dass der leicht verrückt wirkende Mann neben ihm vollkommen recht hatte. Jedoch, in einer gehobeneren Schicht seines Verstandes wollte und konnte er es nicht wahr haben. Diese Schicht fühlte sich von der Aussage sogar eindeutig beleidigt. Er laufe nicht weg, er fange nur ein neues Leben an - ein besseres Leben. Er würde klar Oberwasser haben und sein Leben endgültig in geordnete Bahnen gelenkt haben. Aber warum wollte er das dann verstecken? Er hatte keinen Grund, irgendetwas zu verstecken, er war stolz und konnte das auch zeigen - und irgendwie hatte Chap in diesem Moment das Gefühl sich selbst auszutricksen. Seine Euphorie jedoch ermutigte ihn, diese Zweifel bei Seite zu schieben. Er zögerte noch einmal kurz. Sein Herzschlag beschleunigte sich und trieb das Adrenalin in sein Hirn. Mit einer großen Geste ergriff er das Compuboard und grinste seine Gesprächspartner breit an.

„Ich denke, dass es hier nicht ums Weglaufen geht, sondern nur um das bessere Werkzeug." Mit diesen Worten drehte er sich von dem kleinen Mann weg und ging zum Verkäufer, der mittlerweile in gewohnt gelangweilter Manier gegen ein Regal gelehnt in seine Richtung blickte. „Ich nehme das hier."

„Gute Entscheidung, bitte folgen Sie mir." Es klang wie ein auswendig gelernter Satz, der aus Netiquette gesagt gehört und keinesfalls wie ein ehrlich gemeinter Kommentar. Der Verkäufer schleppte sich desinteressiert in Richtung Kasse. Chap blickte noch einmal zurück zu dem Mann, der sich langsam in die entgegengesetzte Richtung bewegte.

Als ob er Chaps Blick spürte, drehte er sich noch einmal um und wiederholte halblaut seine Aussage: „Bitte nutze es bald, um dir deine Logs anzusehen." Chap drehte sich weg und ging mit beschleunigtem Schritt dem Verkäufer nach. Er hoffte, dass mit diesem Kauf der Wahnsinn des unbekannten Mannes nicht auf ihn übergehen würde. Dennoch, er hatte mit den Logs ein Testobjekt, an dem er durchaus die Fähigkeiten seines neuen Compuboards testen konnte.

Als Chap das Geschäft verließ war er immer noch tief in seiner eigenen Gedankenwelt gefangen. So tief, dass er aus Versehen gegen einen Mann mit tief ins Gesicht gezogenem Hut und braunem Trenchcoat stieß. Er wollte sich entschuldigen und sah dem Mann dabei ins Gesicht. Seine Worte blieben ihm im Hals stecken als er sah, dass dem Mann das halbe Gesicht fehlte und durch eine Mechatronik ersetzt worden war. Chap wusste, dass man manchmal solche Eingriffe tätigte, um Unfallopfern ihr Augenlicht wieder zu geben. Es hatte ihn allerdings doch zu sehr aus der eigenen, inneren Balance gerissen, um eine salonfähige und politisch korrekte verbale Antwort auf die Situation zu finden. Er schluckte schwer und murmelte eine Entschuldigung bevor er so schnell er konnte auf die Straße rannte. Er spürte den brennenden Blick des künstlichen Auges in seinem Rücken noch lange nachdem er schon längst nicht mehr in Sichtweite des Geschäftes war.

Feindbild

Geran war nicht zufällig in dieser Gegend - ja, nicht einmal zufällig in diesem Geschäft. Neue PDAs brauchten nur stolze Eltern, psychische Wracks, bei denen die OP fehlgeschlagen war und Leute, denen man die KI versiegelt hatte. Letztere waren die interessantesten für Geran, zumal sein Auftraggeber immer gerne Informationen über mögliche Spuren benötigen konnte. Heute war nicht viel los und so fiel es gleich noch mehr auf, als zwei Männer sich kurz vor dem Abschluss eines Kaufes angeregt unterhielten. Der eine von beiden war kein Unbekannter. Nahezu täglich schien er sich hier aufzuhalten, wohl aus ähnlichen Gründen wie Geran, nur mit sehr anderen Zielen. Anfangs sollte Geran nur beobachten, das war ihm nur allzu recht. Er wurde so oder so bezahlt und je weniger er sich dabei die Hände schmutzig machte, desto besser. Er hasste seinen Job, aber es war immerhin ein Job und wenn er sich eins nicht nachsagen lassen wollte, dann war es, dass er nicht gewissenhaft war. Einer musste die Drecksarbeit erledigen und es war nicht an ihm die Gesellschaft dafür zu kritisieren, dass Menschen wie er notwendig waren. Geran war sich absolut bewusst darüber, dass er sich das alles damit nur schönredete. Er hatte in Wirklichkeit keine echte Wahl.

Geran wusste nicht, ob es noch andere wie ihn gab. Es war ihm eigentlich auch ziemlich egal. Er trug genug Selbstmitleid mit sich rum, ohne an die anderen armen

Schweine zu denken, die genau wie er in diesem Fleischwolf gefangen waren.

Geran schüttelte die Gedanken ab und wollte sich wieder aufs Wesentliche konzentrieren. Er kannte sein Ziel und hatte es gefunden. Nun ging es darum, einen Weg zu finden, das Ziel unschädlich zu machen. Er vermied jede Form von persönlicher Bindung, wie zum Beispiel Namen, also blieb der kleine, schmächtige Mann für ihn für immer "das Ziel".

Das Ziel verließ nun endlich das Gespräch. Geran hatte keine Ahnung was das Thema des Gespräches war, es war ihm allerdings auch ziemlich egal. Der andere Mann war im Moment nicht interessant, vielleicht würde er später einmal ein Ziel werden. Er würde den Zwischenfall zusammen mit den Fotos, die sein Auge aufgenommen hatte, natürlich nach oben melden, aber jetzt war es zuerst wichtig, sich um das Ziel zu kümmern. Dennoch, Geran hatte das Gefühl dem anderen Mann schon einmal begegnet zu sein.

Geran versuchte, sich unauffällig zu nähern und wartete am Ende des Ganges auf die nächste Aktion seines Ziels. Er wollte in keinem Fall gesehen werden bevor seine Falle zuschnappte und achtete dabei peinlich genau auf jede Bewegung des Ziels. Dabei ignorierte er seine restliche Umgebung. Es würde nicht mehr lange dauern bevor Geran ins Freie treten würde, um die Verfolgung aufzunehmen.

Plötzlich stieß ihn jemand zu Boden. Seine Servos surrten leise als sein Fall gedämpft wurde, um keine unnatürlich harte Oberfläche für die andere Person zu bilden. Das würde ihn nur auffällig werden lassen und er hatte wenig Interesse daran jetzt noch jemanden aus Versehen zu verletzen und damit sein Ziel aus den Augen zu verlieren. Die Person hatte die Geste falsch verstanden und ergriff zum Glück seinen rechten und nicht seinen linken Arm. Das tatsächliche Problem war, dass die Person sein Gesicht sah. Ihn in sein künstliches Auge blickte und mit einem erschrockenen Gesicht zur Seite wich. Geran musste jetzt vorsichtig sein und die hochkochende Wut herunterschlucken. Er spürte bereits wie unnötige weitere Arbeit und Frust auf ihn zukamen; denn die Person war der Gesprächspartner seines Ziels. Wusste dieser Mann wer er war? War dies ein Ablenkungsmanöver? Zu seiner Erleichterung murmelte der Mann nur eine kurze Entschuldigung und rannte aus dem Geschäft in die entgegengesetzte Richtung seines Ziels. Geran blickte ihm noch ein wenig nach. Zum einen, um sicher zu gehen, dass er sich nicht umdrehen würde und zum anderen in der Hoffnung, ihn auf Distanz mit bloßem Blick töten zu können. Er atmete noch einmal tief durch, um den Rest seiner Wut loszuwerden und sprintete anschließend aus dem Geschäft heraus und seinem Ziel nach, das mittlerweile einen deutlichen Vorsprung hatte.

Es war kühl draußen. Das beeinflusste Geran, aber nicht seine zweite KI. Der eiskalte Stahl drückte unangenehm gegen seine Haut. Es machte ihn zwar leistungsfähiger, aber wirklich ausgereift war die Technologie definitiv nicht, auch wenn er das Gefühl hatte, dass das beabsichtigt war.

Schnell hatte er den Abstand wieder eingeholt. Das Ziel bog gerade von der Hauptstraße ab und in eine

Nebenstraße ein als Geran wieder nah genug war, um abbremsen zu müssen. Geran hatte das Ziel in den vergangenen Tagen oft genug beobachtet, um das Bewegungsverhalten gut genug zu kennen. Es war nun nicht mehr lange und die Falle schnappte zu. Ein Unfall sollte es sein, und wenn möglich ein alltäglicher aber in jedem Fall tödlicher. Geran war nicht der Kreativste, aber er wusste wie man Spuren vermied und eine Geschichte erfand, wo es keine gab. Tief in seinem Inneren war er noch immer der blindwütige frustrierte Schlägertyp mit dem gewissen Ruf, durch den man auf ihn aufmerksam geworden war. Dem Ruf für gewisse Unfälle sorgen zu können, ohne Hinweise zu hinterlassen. Er hatte ein Händchen dafür, seine Umwelt für sich arbeiten zu lassen und früher war er auch durchaus stolz darauf gewesen. Dieser Stolz war irgendwann dem Frust gewichen und der Frust war irgendwann der Resignation und dem Alkohol gewichen. Doch seit der Alkohol nicht mehr funktionierte kam der Frust allzu oft wieder hoch.

Noch zwei Querstraßen mehr und das Ziel war genau dort, wo Geran es haben wollte. Die Falle war wenig spektakulär aber hoffentlich umso effektiver. Geran griff in seinen Mantel und holte einen kleinen Sender aus der Tasche. Kurz vor der letzten Biegung bremste er ab und wartete. Das Ziel bewegte sich mit leicht erhöhter Schrittgeschwindigkeit die Gasse entlang und machte nicht den Eindruck, etwas von seinem Verfolger bemerkt zu haben. Geran zoomte mit seinem künstlichen Auge etwas näher an den Hinterkopf des Ziels heran. Jede kleine Zuckung, die verraten konnte, dass das Ziel vielleicht doch etwas bemerkt hatte, würde sofort von seiner zweiten KI registriert und an ihn gemeldet werden. Die zweite KI meldete jedoch nichts. Geran drückte einen Knopf auf dem Sender und wartete ein wenig. Schließlich kam ein leise piependes Signal. Geran öffnete seinen Mantel und zog sein T-Shirt hoch. Darunter lag eine metallische Brutplatte, die das dahinterliegende Konglomerat aus künstlichen und organischen Konstrukten schützte. Am oberen Rande der Brutplatte befanden sich eine Reihe von Anschlüssen. Geran nahm ein Kabel aus seiner Tasche und steckte das eine Ende in einen rot markierten Anschluss auf seiner Brustplatte und das andere Ende in den kleinen Sender. Ein kleines rotes Licht auf dem Sender fing an zu blinken, erst langsam, dann immer schneller. Schließlich ertönte ein lautes Motorengeräusch und zeitgleich leuchtete die Lampe vollständig auf und blinkte nicht mehr. Die KI hatte ihren Teil nun fast erledigt.

Das Ziel vernahm das Geräusch und wirkte etwas verunsichert. Aber es sollte zu spät sein. Mit einem lauten Donnern brach der von Geran übernommene Müllwagen durch den Zaun neben dem Ziel. Das Ziel versuchte zur Seite zu springen, wurde jedoch an den Beinen vom Lastwagen erfasst. Das linke Bein verhakte sich in der Stoßstange, das rechte schleifte ein wenig auf dem Asphalt bevor es unter das Vorderrad geriet und von der mechanischen Kraft des Antriebes abgerissen wurde. Die Schreie des Ziels wurden von dem lauten Getöse des Motors und des aufreißenden Bürgersteiges deutlich übertönt, dennoch konnte Geran das schmerzverzerrte Gesicht seines Zieles deutlich ausmachen und drehte sich ein wenig zur Seite, um sich so gut es eben ging von der Situation abzugrenzen. Der Lastwagen raste weiterhin ungebremst quer über die Straße und rammte mit seinem voll Gewicht, das durch die kinetische Energie vervielfacht wurde in die Hauswand des gegenüberliegenden Hauses. Die Mauer zerbarst unter dem Druck und der Müllwagen kam erst einige Meter innerhalb des Hauses zum Stehen. Das Ziel bot an diesem Punkt einen grausigen Anblick, den Geran nur kurz betrachtete, um die Eliminierung zu verifizieren. Das war nicht sehr schwer, zumal der Körper kaum noch als solcher erkennbar war. Sobald er konnte drehte Geran sich weg und verschwand in Schatten der Nebengassen. Er hatte keine Lust sich mit der wachsenden Menschenansammlung zu konfrontieren. Er wusste sehr genau was er jetzt tun würde: Viel Alkohol in sehr kurzer Zeit trinken, in der Hoffnung zumindest ein paar der Bilder aus seinem Bewusstsein zu löschen.

Die Tür fiel ins Schloss und die Leber war schon wieder ausgenüchtert. Geran hatte einige Stunden damit zugebracht Bilder aus einem Kopf zu entfernen, die Großteils älter waren als das eben Erlebte. Müde setzte er sich in eine abgenutzte Couch und starrte einige Zeit in die leere Dunkelheit seiner kleinen, dreckigen, lichtlosen Kellerwohnung. Innerhalb des sichtbaren Bereichs waren die Wände brüchig und zeigten deutliche Anzeichen von langer Feuchtigkeit. Verrostete Rohre und abgenutzte

Kabel verliefen an den Wänden und Ecken entlang und von irgendwoher hörte man das Tropfen einer Flüssigkeit. Neben dem Lärm vereinzelt vorbeifahrender Autos, der durch das kleine matt beleuchtete Kellerfenster hereindrang, war dies das einzige Geräusch das Geran hätte hören können. Er jedoch war mit seinen Gedanken ganz wo anders. Er verarbeitete wieder einmal den einen Wendepunkt seines Lebens. Nach einem Wutanfall hatte er seinen Chef mit dem Auto überfahren. Das wäre vermutlich sogar als Unfall durchgegangen, wenn er nicht noch ein paar Mal zurückgesetzt hätte. Spätestens aber, als er die Leiche zum vierten Mal überfahren hatte konnte ihm wohl kein Anwalt mehr helfen. Das brachte ihn ins Gefängnis und das wiederum brachte ihn in die Fänge seines Auftraggebers und das wiederum brachte ihn hier heute in dieses Loch nach einem Mord an einem Mann, den er nicht einmal kannte.

Die zweite KI erkannte den Leerlauf und fing an, Fotos aus ihrem Speicher an Gerans Netzhaut zu senden und abzugleichen. Das geschah immer mal wieder, um Geran den Inhalt der mittlerweile recht beachtlichen Datenbank aufzuzeigen. Geran hingegen wusste sehr genau, dass er das über sich ergehen lassen musste. Er konnte seine Augen nicht schließen und auch wenn er es könnte würde er nichts anderes sehen bis die KI entschieden hatte, dass es genug war. Foto um Foto erschien vor ihm. Kleine Punkte, die mit Linien verbunden waren, tasteten die Gesichtskonturen und auffälligen Merkmale ab, um abzugleichen und zu vermessen. Ein paar Personen waren zu unscharf fotografiert und waren daher nicht wirklich brauchbar. Andere wiederum konnten nicht gut verglichen werden, da die Fotos aus den falschen Winkeln aufgenommen waren oder Kleidungsstücke und andere Hindernisse wie Säulen und Kunstwerke die Gesichter teilweise verdeckten. Er sah einige alte Ziele, manche hatte er bereits ausgeschaltet, andere hatte er einst beobachtet bis er abgezogen worden war. An manche Personen erinnerte er sich kaum noch und wieder andere waren ihm sehr vertraut. Zum Beispiel die eine Frau mit der Narbe über dem Auge. An sie erinnerte er sich noch relativ frisch. Es war sein Job, sie zu beschatten. Er war davon zwar erst kürzlich abgezogen worden, aber er wusste sehr wohl, dass sie sehr weit oben auf der Abschlussliste seines Auftraggebers war. Sie hatte immer wieder mit unterschiedlichen anderen Zielen Kontakt aufgenommen und auch mit Personen, die bis jetzt noch keine Ziele waren, aber ebenfalls keine KI mehr hatten.

„Stopp." Die KI hielt sofort die Suche an. „Gesicht von dem Mann links vermessen." Es tauchten Punkte und Linien auf dem Foto auf. An der linken Seite des Fotos flogen diverse Zahlen und Informationen in Windeseile entlang. Auf der rechten Seite flackerten diverse Fotos so schnell durch, dass es für das menschliche Auge absolut unmöglich war, auf diesen Fotos irgendetwas zu erkennen, was nicht nur ein unscharfes Farbgeschmiere war. Plötzlich hielten sowohl die Informationsanzeige links als auch das Foto rechts abrupt an.

Eine absolute Übereinstimmung.

Taxi

Compuboards waren schon eine Sache für sich. Ungewöhnlich groß und klobig wirkten sie wie ein Relikt aus Tagen, die dankenswerter Weise in der Vergangenheit lagen. Niemand war sich sicher wer die normalen Abnehmer dieser Konstrukte waren aber wer auch immer sie waren, sie würden es vermutlich niemals zugeben. Was Chap hingegen in seinen Händen hielt war ein eher zukunftsfähiges Design. Natürlich konnte es nie mit einer KI, oder auch nur einem PDA in punkto Format und Raffinesse mithalten, aber es hatte seine eigenen technischen Spielereien und wenn Chap sich selbst gegenüber ehrlich sein würde, dann müsste er sich eingestehen, dass genau diese kleinen Dinge es waren, die ihn um vier Uhr morgens noch halb wach in seiner relativ aufgeräumten Küche sitzend davon abhielten, den dringend notwendigen Schlaf zwei Räume weiter zu suchen. In der Tat, das Gerät war ein wahres Meisterwerk modernster Technologie und hatte sich als das offenbart, was er schon immer an seiner Seite vermisst hatte. Die ersten paar Stunden hatte er nur damit zugebracht, all seine Schlüssel und Daten auf das Gerät zu übertragen und es mit all seinen Konten und Kontakten vertraut zu machen. Die Arbeit hatte er gegen halb elf beendet. Seitdem war er am optischen Konfigurieren vom Display, von der dynamischen Tastatur und von allen Sensoren und Schnittstellen. Er fühlte sich wieder wie damals, als er die

Stunden seiner Kindheit und Jugend damit zugebracht hatte, auf, an und mit diversen Computern zu spielen. Oft waren es PDAs, manchmal aber auch die Server, an denen er seine Projekte in der Universität erledigen sollte. Das waren gute Erinnerungen an die Zeiten, in denen ihm noch jede Technologie offen stand und er sich nach Herzenslust an neuen Ideen und den damit einhergehenden Möglichkeiten und Chancen austoben konnte. Er erinnerte sich daran, wie freudig aufgeregt er war, als er seine KI bekam. Das war zwar schon lange her, aber das erste Erwachen, das mit der Begrüßung der wohlwollenden Stimme seiner KI einherging, würde er niemals vergessen können. Seine Kopfschmerzen damals waren nahezu unerträglich, aber das war in den Moment vergessen, in dem die KI ihm den Schmerz einfach nahm. Seither waren sie ein gutes Team geworden. Er hatte blindes Vertrauen in seine KI gehabt und war nie enttäuscht worden - außer dieses eine Mal.

Chap kämpfte mit seinen Tränen. Er hatte wieder gelernt, auf eigenen Beinen zu stehen, und dabei hatte er beinahe vergessen, dass er einen wichtigen Partner und Begleiter eingebüßt hatte. Er legte das Compuboard aus der Hand und lehnte sich tief einatmend zurück. Es war spät, und er war körperlich erschöpft, aber schlafen gehen wollte er definitiv noch nicht. Er streckte seine Arme nach hinten und ließ den Kopf langsam nach hinten in seine gefalteten Hände fallen. Zwischen den Zeigefingern spürte er einen der Anschlüsse für das Controlboard, aus dem sich das Mainboard speiste, wo diverse Steuerungselemente ihren Platz hatten. Normalerweise würde die KI das Mainboard kontrollieren, sie war jedoch in einem der vielen Nebenspeicher eingesperrt. Der Hauptspeicher und die restlichen Nebenspeicher waren noch für Chap selbst zugänglich.

Er durchdachte innerlich die ganze Hardwarekonstruktion, die in der Form von vielen tausend Nanochips auf in seiner Hirnrinde wie ein neuronales Netz aufgebaut worden war. Er selbst hatte seine Abschlussarbeit an der Universität über die Absicherung solcher Netze verfasst und seitdem nie wieder an das Thema gedacht. Es hatte nie Hinweise auf Manipulierbarkeiten gegeben. Alle Kommunikation verlief stets nur nach bewussten Kommandos des Nutzers. Updates wurden über streng reglementierte staatliche Einrichtungen verteilt. Innerlich tastete Chap nach den noch zugänglichen Bereichen des Speichers. Das meiste war entweder mit Codes und Handbüchern gefüllt oder leer. Früher hatte seine KI hier einiges anderes noch abgelegt, wie interessante Artikel, die er später lesen wollte, oder Einkaufsvorschläge. Als Chap einmal eine Freundin hatte befand sich in einem speziellen Speicher auch eine lange Liste von Restaurants und romantischen Orten, die Chap mit ihr besuchen könnte. Alles von der KI zusammengesucht und bereitgestellt. Jetzt war dort nichts mehr was interessant war.

Abgesehen von dem Datensatz von Säule sechs.

Chap richtete sich schlagartig wieder auf. Er griff nach Compuboard und Kabel und verband das Gerät nach einigem Herumstochern an seinem Hinterkopf mit seinem Mainboard. Es dauerte trotz der Datenmenge nicht lange bis Chap den vollständigen Datensatz auf seinem Compuboard hatte und dem Prozessor den Entschlüsselungsauftrag gab. Er nahm den Stecker wieder aus der Schnittstelle an seinem Hinterkopf und wartete gespannt auf die Ergebnisse.

Schon nach wenigen Sekunden präsentierte das Compuboard auf seinem Display die ersten Ergebnisse. Chap las sich grob ein. Es war eine unklare Übertragung von Befehlen an diverse mitunter sehr unterschiedliche virtuelle Adressen. Es gab kaum Rückmeldungen von der Gegenseite, abgesehen von den üblichen verkürzten Handshakes. Die Vermutung, dass es sich um Updates oder dergleichen handelte, hätte nahe gelegen, wenn die einzelnen Pakete nicht so klein gewesen wären. Letztlich war es jedoch auch eher ungewöhnlich, dass derartig viele unterschiedliche Adressen von einem seines Wissens nach nicht staatlich reglementierten Datencenter angesprochen wurden. Etwas machte hier keinen Sinn und Chap gab sich über einige Minuten größte Mühe, eine halbwegs logische Lösung zu erfinden. Es war spannend, aber es auch bereits sechs Uhr morgens und das Konzentrationsvermögen von Chap ließ deutlich nach. Er entschied sich, dass dieses Mysterium warten müsste. Auch wenn sein Kopf noch schwer arbeitete, schleppte er seinen erschöpften Körper ins Nachbarzimmer, um sich dort auf sein Bett zu werfen. Im Halbschlaf entkleidete er sich soweit möglich und wurde alsbald von einem unruhigen Traum überwältigt.

Geran lag noch lange wach auf seinem Sofa. Noch immer flackerten auf seiner Netzhaut Fotos mit Vergleichsmaterial und Punkten, die mit Linien verbunden waren, herum. Ihm war klar, dass es vermutlich ein Zufall war, denselben Mann in zwei solchen Situationen getroffen zu haben, aber das Risiko, dass es doch kein Zufall war, blieb dennoch zu hoch. Wenn sein Auftraggeber jedoch davon Wind bekäme, würde das mit hoher Wahrscheinlichkeit zu einem weiteren Mord führen, der nicht unter seiner eigenen Kontrolle war. Geran gefiel der Gedanke, dieses Mal auf eigene Faust zu handeln. Es fühlte sich so an als wäre er wieder ein Stück weit unabhängiger - ein Stück weit sein eigener Herr. Natürlich würde sein Auftraggeber sehr bald darauf aufmerksam werden, aber bis dahin konnte er mal am Drücker sein und bestimmen, wie die Dinge laufen.

Er dachte auch an die vielen Male zurück, an denen die mechanischen Teile seines Körpers einfach fremdgesteuert wurden und er sich mehr wie eine Maschine ohne eigenen Willen fühlte. Erst kürzlich war ihm das bei der Frau mit der Narbe passiert. Das war nicht nur unangenehm, sondern es nahm ihm auch noch den letzten Funken menschlicher Würde. Er war zwar ein schlechter Mensch, damit hatte er sich abgefunden, aber das bedeutete nicht, dass er keine Würde kannte.

Nein, diesmal würde das soweit es möglich war, anders verlaufen. Es war eine klare Entscheidung, die Geran in seinem Inneren verarbeitete, während die zweite KI noch immer seine Netzhaut unermüdlich mit Fotos bombardierte. Seine linke Gesichtshälfte versuchte sich an einem Lächeln, dass jedoch in dem Zerrbild einer Fratze endete.

○ ◇ ○

Es war ihm ein wichtiges Anliegen diesmal darauf zu achten in einem Taxi zu sitzen, das nicht von einem seltsamen Verrückten gefahren wurde - aber er wusste, dass er nehmen musste, was auch immer gleich in diese Straße einbog. Chap verengte die Augen, um der ungewohnten Helligkeit entgegen zu wirken. Es war zwar nicht wirklich grell, aber offenbar hatte man die Lichtreflektoren wieder repariert und so fühlte sich zwölf Uhr auch tatsächlich mal wie zwölf Uhr an. Er hatte ein kurzes Frühstück herunter geschlungen und dann beschlossen, sofort noch einmal das Datencenter unter Säule sechs aufzusuchen, um mehr Informationen zu gewinnen. Es hatte ihm zwar nicht vollständig den Schlaf geraubt, aber ihm auch definitiv keine Ruhe gelassen. Mit dem vorhandenen Datensatz konnte er sich einfach keinen Reim auf die entschlüsselten Informationen machen.

Am Stadtbild merkte man kaum, dass der Tag schon gut vorangeschritten war. Die Straße war nahezu leer, abgesehen von ein paar Obdachlosen, die unter Zeitungen, neben Mülltonnen und in Pappkartons Schutz und Ruhe suchten. Die Luft war merklich erhitzt aber nicht wirklich warm. Die hohen Gebäude strahlten zwar Wärme ab, aber es genügte nicht, um die eisige Luft, die aufgrund der fehlerhaften Klimatisierung seit Tagen in den Straßen gehangen hatte, zu vertreiben. Chap zog seine Jacke mit beiden Händen weiter zu obwohl er sich darüber im Klaren war, dass das vermutlich keinen Mehrwert an Wärme erzeugen würde. Es ging hier wohl eher um eine Angewohnheit oder eine genetische Erinnerung, die ihn dazu verleitete. Gerade als er anfangen wollte, platonisch zu zittern, bog ein Taxi langsam in seine Straße ein und näherte sich ihm. Er versuchte durch die Frontscheibe zu blicken, um den Fahrer zu erkennen. Er hatte bei Taxis nun schon ernsthaft Sorge um seine Sicherheit und sein Nervenkostüm. Leider ließen die Spiegelungen auf der Scheibe keinerlei Schlüsse auf den Innenraum oder die Insassen des Fahrzeugs zu bis es beinahe schon vor ihm hielt. Chap beugte sich vor und begrüßte erneut Tia in all ihrer abgetragenen Schönheit hinter dem Steuer.

„Was für ein Zufall!" ihr Lächeln war zwar überaus charmant, ließ jedoch keinen Zweifel darüber, dass dies kein Zufall war. Chap war sich unsicher, ob er das hinterfragen solle, aber er hatte das Gefühl, dass Tia das Mysterium vermutlich sehr bald auflösen würde.

„Ja, was für ein Zufall ... ." Es war mehr ein Murmeln, aber ganz ohne Antwort wollte Chap den Kommentar auch nicht stehen lassen, „Es gibt viele Zufälle in letzter Zeit." Chap stieg widerstrebend in das Taxi ein und suchte sich direkt hinter Tia seinen Platz.

Tia versuchte, sich zu ihm umzudrehen, Chaps Platzierung machte jedoch direkten Augenkontakt unmöglich. „Vielleicht sind manche Zufälle tatsächlich Zeichen für das Einwirken einer höheren Macht. Wohin soll die Fahrt gehen?"

Ja, so kann man das wohl auch bezeichnen. „Säule sechs, ich hab's nicht eilig, kein Grund für halsbrecherische Manöver."

Tia trat aufs Gas und legte einen Kavaliersstart hin, der Chap in seinen Sitz drückte und die Luft mit dem Geruch von verbranntem Gummi schwängerte. Chap verkniff sich jeden weiteren Kommentar. Das Taxi raste die Straße hinunter und bog ausgesprochen unsanft in die nächste Querstraße ein.

Es dauerte kaum fünf Minuten bis Tia wieder anfing, Chap mit Fragen zu löchern: „Was gibt es denn in Säule sechs?"

Es war klar der Beginn einer Debatte, die Chap nicht wirklich führen wollte. Zumindest nicht unter der Prämisse selbst nichts davon zu haben. „Wir machen das so. Du verrätst mir etwas und ich verrate dir etwas. Haben wir einen Deal?"

Tias Augen grinsten Chap durch den Rückspiegel an. „Spielen wir jetzt ich zeig dir meins und du zeigst mir deins?"

Chap kämpfte gegen seine Verlegenheit an. Diese Frau war sehr direkt und das war er nicht gewohnt. „Ganz recht. Also, die Taxifahrten. Leg los."

Tias Grinsen wurde zu einem erheiterten Lachen. „Ja, ich kann dir vermutlich nichts sagen, was du dir nicht eh schon gedacht hast." Ihre Augen funkelten fasziniert durch den Rückspiegel. Ihr gefiel diese Art von Spiel sehr und Chap erkannte was Tia vorhatte.

„Sag es mir trotzdem."

„Viel gibt es da wirklich nicht zu sagen."

„Dann gibt es auch nichts über Säule sechs zu sagen." Ihre Augen zeigten flüchtig ein großes Interesse bevor Tia ihr Gesicht wieder unter Kontrolle hatte und Chap ein desinteressiertes Pokerface-Auge im Rückspiegel zu sehen bekam. Er wusste aber nun, dass er ihre ungeteilte Aufmerksamkeit hatte. Er hoffe dennoch, dass sie ihre Aufmerksamkeit zumindest teilweise mit den Geschehnissen auf der Straße vor ihr teilen würde, zumal sie mit leicht überhöhter Geschwindigkeit durch sehr enge Gassen manövrierte.

Tias schaute kurz in die weite Ferne und antwortete dann nachdenklich und monoton: „Ich - wir hören die Taxihotline ab, zumindest die Telefonhotline. Niemand, der eine KI hat würde die jemals nutzen, so hoffen wir, mit jedem Neuen auch neue Informationen zu bekommen. Ein weiteres Puzzleteil. Wir haben aber nur selten Erfolg. Die meisten wollen genau wie du nicht wirklich mit mir - uns reden."

„Es gibt in Wirklichkeit nur dich und den anderen Fahrer, oder?"

„Ich bin dran." Ihre Augen waren wieder voller Neugierde. „Erzähl mir von Säule sechs."

Chap wollte nichts Unnötiges verraten aber auch nicht unfair sein. „Ich habe... einen Datenstrom abgefangen, der sich mir nicht so ganz erschließt. Es ist für einen Kunden, ich will da noch einmal genauer hinschauen." Das war nicht gelogen und auch nicht falsch, aber er vermied gekonnt, jede Mutmaßung seinerseits in seiner Antwort unterzubringen.

„Langweilig."

„Was hast du erwartet? Also, wie groß ist eure Gruppe tatsächlich?"

„Langweilig, weil ich das schon wusste. Da ist etwas unter dem Datencenter. Ich habe einige Datensätze, die du haben kannst, wenn du dich nicht unnötig in Gefahr bringen willst." Damit hatte Chap nicht gerechnet.

„Was wusstest du schon?"

„Welche Frage soll ich dir denn jetzt beantworten?" Das Auge im Rückspiegel blickte ihn herausfordernd lächelnd an. Tia war wieder ganz in ihrem Element und Chap hatte die Kontrolle über die Situation verloren. Jetzt war es ihr Spiel, aber er musste sich eingestehen, an diesem Punkt zu stark interessiert zu sein, um nicht drauf einzugehen.

„Letztere."

Tia lachte auf. „Weißt du was, ich sag dir beides, dafür rufst du mich ab jetzt für jede Taxifahrt direkt an."

Chap zögerte. Das war vorhersehbar gewesen, aber aus seiner Sicht unlogisch, da es ihm so vorgekommen war, als würde er das ohnehin schon tun. Natürlich konnte das bedeuten, dass diese Art ihn abzugreifen für Tia mit gewissen Schwierigkeiten verbunden war. Konnte er damit die Diskussion wieder in seine Finger bekommen? „Tue ich das nicht ohnehin schon? Gibt es da Schwierigkeiten?"

„Das sind zu viele Fragen. Haben wir einen Deal?" Tia wich den Fragen aus. Sie wollte ganz klar zumindest ein paar Trümpfe behalten.

Nun grinste Chap bewusst in den Rückspiegel. „Deal!"

Tia nickte und beschleunigte das Taxi. Sie bog in kleine Gassen hinein und kämpfte sich durch ein verwirrendes Labyrinth von Straßen und Gassen, bei denen Chap sich nicht einmal sicher war, ob sie überhaupt auf irgendeiner Stadtkarte verzeichnet waren. Nach ungefähr zehn Minuten schweigsamer Fahrt bremste Tia das Taxi ab und fuhr in eine alte, verrostet aussehende Garage. Sie stieg schnell aus und zog das manuelle Garagentor mit einem lauten Krachen zu. Chap starrte ungläubig aus dem Fenster und beobachtete Tia bei ihren Aktivitäten. Seine Gedanken rasten. Was wollte sie von ihm? Hatte sie ihn gerade entführt?

Geran verstaute das Richtmikrophon wieder auf dem Beifahrersitz. Es war ihm vollkommen unklar, was hier passiert war. Zuerst hatte er nicht in die Scheiben des Taxis blicken können und dann hatte das Richtmikrophon absolut nichts empfangen können außer lauter Musik. Das war ungewöhnlich. Er hasste es, im Dunkeln gelassen zu werden. Aber was ihn wirklich ärgerte war, dass das Taxi plötzlich wie vom Erdboden verschluckt gewesen war nachdem er es hartnäckig durch einige Gassen gejagt hatte und sich dabei auf sein Navigationssystem berufen musste, um aus dem Labyrinth jemals wieder herauszufinden. Aus der Beschattung war nichts Konkretes geworden. Dennoch war ihm einiges aufgefallen. Der Taxifahrer hatte die komplette Zeit über vermieden, Hauptstraßen zu nutzen und dabei große Umwege in Kauf genommen. Das konnte nur bedeuten, dass er über keine KI verfügte und damit Hauptstraßen zu gefährlich zum Befahren waren. Zudem war ihm nicht entgangen, dass der Taxifahrer von der Verfolgung hatte wissen müssen. Es war etwas im Taxi vorgefallen, dass den Taxifahrer dazu bewegt hatte, dieses waghalsige Labyrinth zu befahren, um ihn abzuschütteln. Für Geran war damit der Fall klar: Chap war ein Verschwörer und würde wohl bald auf seiner Liste von Zielen auftauchen.

Etwas passte jedoch noch immer nicht zusammen, Geran hatte ein ungutes Gefühl bei der Sache und musste nachdenken. Er presste die Stirn gegen sein Lenkrad und ließ seine Gedanken freie Konstrukte spinnen, in der Hoffnung eine beruhigende Erklärung für die Ungereimtheiten zu finden.

Wenn Chap ein Mitverschwörer war, warum hatte er dann nicht versucht, Geran noch länger vor dem Laden aufzuhalten, um das Ausschalten seines letzten Ziels zu vermeiden? Warum hatte das Taxi so plötzlich den Kurs gewechselt? Das alles machte zu wenig Sinn. Geran entschied, die Sache erst einmal weiterhin für sich zu behalten. Etwas faszinierte ihn daran dieses Mysterium selbst zu lüften und nicht auf Befehle von oben zu warten. Es schmeckte nach Selbstbestimmtheit. Ein Geschmack, den er fast vergessen hatte.

Gemeinschaft

Es war dunkel und Tia hatte Chap zur absoluten Stille verdonnert. Sie selbst hatte ihr PDA in der Hand und nutzte das Mikrophon, um durch das alte Garagentor hindurch die Straße zu belauschen. Sie stand dort seit einer gefühlten halben Stunde nahezu regungslos. Chap war angespannt, da er sich zum einen in der Situation nicht wohl fühlte, und zum anderen nicht wusste, was als nächstes passieren würde. Schließlich drehte Tia sich wieder langsam zu ihm um. Sie hatte einen ernsten Gesichtsausdruck und Chap war klar, dass es hier um deutlich mehr gehen würde als er sich anfangs vorgestellt hatte. Sie drückte ihren Fingen auf ihre Lippen und ermahnte ihn damit noch einmal ausdrücklich, still zu bleiben. Mit der anderen Hand deutete sie auf die Seitentür. Chap glaube zu verstehen und öffnete die Seitentür so langsam und leise wie möglich und kletterte behutsam aus dem Auto. Das war das erste Mal, dass er Tia außerhalb eines Taxis gesehen hatte. Er war etwas erstaunt, als er feststellte, dass sie gut einen Kopf oder mehr kleiner war als er. Als sie bemerkte, dass er etwas nach unten blicken musste, um ihr in die Augen zu sehen, warf sie ihren zierlichen Körper in eine herausfordernde Pose. Klein, aber zäh war die klare Ansage, die Chap wortlos empfing. Nach einem kurzen non-verbalen Austausch von diversen Handzeichen bewegte Tia sich durch die Garage zum Ausgang. Chap folgte ihr mit genügend

Abstand, um im Notfall die Flucht ergreifen zu können. Er traute der ganzen Sache nicht ganz.

Der Raum hinter der Tür war schwach von einem verdreckten Fenster aus beleuchtet. Soweit Chap es überblicken konnte stand nahezu der komplette Raum voll mit Kisten, Abfall und Schrott. Wo die Garage noch halbwegs in Schuss gewesen war, herrschte hier ein scheinbar unheiliges Chaos. Tia bewegte sich grazil auf einem schmalen, gewundenen Pfad durch die Müllberge und Chap musste aufschließen, um in diesem Labyrinth nicht verloren zu gehen. Er hatte deutlich mehr Probleme als Tia voranzukommen, zumal er gefühlt die doppelte Körpermasse hatte und immer wieder in besonders engen Passagen stecken blieb. Es war nicht wirklich in seinem Interesse, keinen direkten Fluchtweg mehr zu haben, aber er war ihr bis hierhin gefolgt und die Neugierde trieb ihn weiter an.

Chap hatte längst das Gefühl für die Größe des Raumes verloren, was teilweise auch der Finsternis geschuldet war, die an vielen Stellen des Weges das Licht verscheuchte. Tia schien sich hier gut auszukennen. Leichtfüßig und zielgerichtet turnte sie zwischen den Schrottbergen und Holzkisten herum, ohne ein Wort von sich zu geben, oder einen Blick zurück zu werfen. Chap war durchaus bewusst, dass sie genau wusste wo er sich befand. Schließlich war es auch nicht gerade so, dass Chap seinen Standort so geheim hielt. Durch ein Stolpern, oder das Anstoßen von etwas Klapperndem gab er oft genug klar bekannt, wo er sich aufhielt. Schließlich stoppte Tia vor einer unscheinbaren Holztür und gab die ersten Worte von sich seit sie Chap in diese Gegend gebracht hatte. Es waren leise, geflüsterte Worte, aber für Chap klangen sie wie ein glückseliger Schrei, der die spannungsgeladene und erdrückende Stille zerriss.

„Warte kurz." Wieder stand sie starr und lauschte in den Raum hinein. Chap war gerade dabei gewesen, über ein Stück Metall zu steigen und hatte einige Mühe seine Pose zu halten, um keine unnötigen Geräusche von sie zu geben. Schließlich drückte Tia mit ihrer Handfläche neben der Tür gegen einen Teil der Betonwand, was diesen dazu brachte, kurz aufzuleuchten. Nach ein paar Sekunden verschwand die Wand neben der Tür und offenbarte einen Gang, der in ein flackerndes neonfarbenes Licht getaucht war.

Tia zögerte keine Sekunde und verschwand in dem Gang. Als sie bemerkte, dass Chap noch immer wie eingefroren in seiner unbequemen Pose verharrte, drehte sie sich kurz um und raunte ihm zu: „Folge mir, schnell!" bevor ihre Silhouette endgültig im flackernden Licht verschwand.

Der Gang was kurz und eng und mündete in einem Raum, aus dem das flackernde Licht stammte. Dicke Kabelstränge verliefen an der Decke, den Wänden und am Boden entlang, um von dem düsteren Licht des Raumes verschluckt zu werden. An der Tür des Raumes lehnte in respekteinflößender Größe ein gewisser Taxifahrer, der Chap nicht unbekannt war. Als er Chap erblickte, stellte er sich aufrecht hin und setzte ein leicht unheimlich wirkendes Grinsen auf.

„Guten Tag Herr Siem." Es klang nicht wie eine Begrüßung, sondern eher wie eine Feststellung. Chap kramte in seinem Kopf nach einer passenden Antwort fand aber keine, die ihm wirklich gut gefiel, also blieb es bei einem kurzen Nicken begleitet von einem leisen Brummen.

„Hi Sam." Tia drückte sich an dem Taxifahrer vorbei in das Zimmer.

Er hieß also Sam. Chap fragte sich wie relevant dieses Wissen in dem sicherlich folgenden Gespräch werden würde, zumal er sich nicht einmal sicher war wie das Gespräch aufgebaut sein würde. Die Atmosphäre des Ortes erinnerte eher an einen schlechten Hackerfilm. Zugegeben: ein echtes Verbrechersyndikat hatte er nicht wirklich erwartet.

Chap bewegte sich ebenfalls auf die Tür zu. „Nett endlich deinen Namen zu kennen, Sam." Vielleicht würde es einen Unterschied machen, wenn er freundlich war, vielleicht nicht. Es war mehr so etwas wie ein Reflex, um klar zu stellen, dass er jetzt ebenfalls wusste wie sein Gegenüber hieß.

„Sam Pots." die Bestätigung des vollständigen Namens wurde mit einem Brummen unterstrichen. „Willkommen in unserer düsteren Untergrundorganisation von Verschwörern und Terroristen, Chap." Der Humor war zu dick aufgetragen, um lustig zu sein, aber Sam hatte seinen Spaß damit, und er wollte sich diesen Spaß nicht nehmen lassen. Um die Stimmung nicht zu vernichten, warf Chap ihm ein flüchtiges, aufgesetztes aber gut gemeintes Lächeln zu und betrat so schnell er konnte den Raum.

Der Raum hatte war vergleichsweise klein und hatte keine Fenster. Tia hatte bereits ihren Platz neben einer anderen zierlichen Frau mit kurzen schwarzen Haare mit lila-farbenen Strähnen gefunden. Vor ihnen befand sich ein Konstrukt aus unterschiedlich großen Monitoren, welche die Quelle des flackernden Lichtes war, das den kompletten Raum ausfüllte. Andere Beleuchtungsquellen waren zwar augenscheinlich vorgesehen gewesen, fehlten aber gänzlich. Die Wände, Decken und große Teile der Böden waren mit unterschiedlich dicken Kabeln ausgelegt. Manche hatten unterschiedliche Farben, die meisten waren einfach nur schwarz. Fast alle Kabel liefen zu der Monitorkonstruktion, einige verschwanden in den Wänden oder liefen aus dem Eingang hinaus. Auf der entgegengesetzten Seite des Raumes befand sich noch eine weitere Tür, die jedoch so von Kabeln verhangen war, dass Chap erst zweimal hinsehen musste, um sie zu erkennen. Die Wände waren ansonsten aus kargem Beton und der Raum wirkte eilig eingerichtet. Es befanden sich ein paar marode Sitzgelegenheiten nebst Abstelltisch in der Mitte des Zimmers. Die Sitzgruppe sah so aus, als hätte man sie aus dem Schrott vom Vorzimmer hergestellt. Wie alles in diesem Raum schien auch dies eher provisorischer Natur zu sein. Auf dem Tisch standen ein paar kalte Bringdienst-Schachteln teilweise noch mit asiatischen Nudeln gefüllt und ein paar Dosen mit unbekanntem Inhalt. Alles hatte den Anschein eines Versteckes für flüchtige Verbrecher wie in einem schlechten Film.

Sam schob Chap weiter in den Raum rein und schloss hinter ihm die Tür. Gefangen in einem Loch mit ein paar Verschwörungstheoretikern mit Verfolgungswahn - das war der einzige Gedanke, den Chap in dem Moment in seinem Kopf hatte. Tia drehte sich von den Bildschirmen weg und widmete sich Sam und Chap.

„Das war etwas knapp. Er ist jetzt hinter Chap her." Chap lief es eiskalt den Rücken runter. Jemand war hinter ihm her?

„Was meinst du? Wer ist hinter mir her?" Die Stimme klang naiv und unsicher. Chap wünschte sich, etwas erwachsener wirken zu können.

Tia schaute Chap ernst an. Chap merkte, dass sie versuchte, die Sache distanziert und faktisch zu erläutern. „Du hattest gestern Kontakt mit unserem vierten Mitglied - Tao - er hatte eine halbe Stunde später einen fatalen Unfall. Ein Mülllaster, dessen Fahrer aus ungeklärten Gründen einen spastischen Anfall bekommen hatte, ist genau in dem Moment, in dem sich Tao dort befand, durch einen Zaun, quer über eine Straße und in das gegenüberliegende Haus gerast." Tias Stimme verlor an Kraft und sie musste pausieren, um die aufkommende Frustration und Trauer herunterzuschlucken. Ihr Blick schweifte in die Ferne und sank schließlich zu Boden.

„War es ... meine Schuld?" Chap zögerte innerlich diese Frage zu stellen, aber Tia konnte gerade nicht weiter reden und die Stille kam ihm vor wie ein tief anklagender Vorwurf.

Sam ergriff das Wort: „Nein, das hatte nichts mit dir zu tun. Tao ist nicht der Erste und wird nicht der letzte sein. Was wir herausfinden, scheint jemandem nicht zu passen."

Als Chap zurück zu Tia blickte, hatte sie ihren Kopf wieder gehoben und ihre Gefühle offenkundig wieder im Griff. „Chap, ich weiß nicht worauf wir gestoßen sind, aber uns fehlen nur noch wenige Puzzleteile." Tias Stimme klang nicht ganz so fest wie vorher und ihre Spritzigkeit hatte sie fast vollständig eingebüßt. Chap war klar, dass es hier um etwas sehr Ernstes ging.

„... aber was wollt ihr von mir?" Die Frage der Fragen.

Tia schaute ihn lange an, so lange, dass es Chap weit mehr als nur unangenehm wurde. schließlich sagte sie: "Wir sind drei Personen ohne jeden Zugriff und mit sehr limitierten Ressourcen. Du hast Zugriff auf so ziemlich jedes Datencenter unter Neo-Wien und du bist im Besitz von einem Datenstrom, der beweist, dass unter Säule sechs etwas ist, was alles aufklären könnte."

„Du meintest selbst, dass ihr Datensätze besitzt, die von Säule sechs kommen."

„Ja, aber diese Datensätze sind sehr alt und sie wurden nicht direkt in Säule sechs abgegriffen - nicht, wie deiner so nahe bei der Quelle. Wir wussten bislang nicht von wo genau sie herkamen."

„Werde ich deswegen verfolgt?" Chap hatte eine klare Priorität: er wollte heil aus der Sache rauskommen.

„Ich weiß es nicht. Ich habe nur bemerkt, dass wir verfolgt werden, und zwar von jemandem, der ein Richtmikrophon auf uns gerichtet hatte. Ich glaube nicht, dass er etwas von unserem Gespräch im Taxi mitbekommen hat, da Iana uns was Nettes gebastelt hat." Tia deutete mit dem Kopf auf die Frau, die immer noch regungslos auf die Bildschirme starrte.

„Was hat sie ‚gebastelt'?" Chap wurde langsam unruhig. Er hatte das Gefühl, Tia und Sam alles einzeln aus der Nase ziehen zu müssen

„Das Taxi sendet Radiowellen nach draußen. Wer was abhören will, hört alles übertönende Musik. Die Scheiben haben Reflektoren reingebaut, die den Einblick von außen erschweren sollten." Chap verstand, er selbst hatte nicht in das Taxi schauen können bis es neben ihm hielt. Er versuchte sich mit der Idee zu beruhigen, dass er vielleicht den Verfolgern der Gruppe noch nicht aufgefallen war.

"Habt ihr einen der Verfolger schon einmal gesehen? Wie sie vorgehen?" Die Frage war zwar an alle gerichtet, Chap bohrte jedoch seine Augen in Tia hinein. Sie kam ihm vor wir jemand, der hier über die meiste Autorität verfügen könnte.

Tatsächlich antwortete ihm jedoch Sam. "Chap, was glaubst du, warum du in dieser Bruchbude bist und vorhin durch den halben Sperrmüll der Stadt Wien laufen musstest? Wir bereiten uns einfach auf alle Möglichkeiten vor. Wir haben ein großes Risiko auf uns genommen dich hierher zu bringen." Die Frage war also hinfällig. Chap blickte zu Boden. Langsam wurde ihm bewusst in was er sich hier hatte reinreiten lassen.

Zumindest hatte er eine Chance. „Lässt er mich in Ruhe, wenn ich euch nur den Datensatz gebe und verschwinde?" Chaps Stimme verriet seine Verzweiflung.

„Glaubst du, dass jemand, der über Leichen geht, sein Ziel einfach fallen lässt, wenn nichts mehr zu holen scheint?" Tias Antwort kam zögerlich. Sie hatte Freunde verloren und das stand ihr ins Gesicht geschrieben. Es half Chap jedoch nicht gerade dabei, sich zu beruhigen.

Der Raum war stehts dunkel gewesen, aber es kam Chap mit jedem gesprochenen Wort so vor, als wäre weiteres Licht abgesaugt worden. Tia blickte ihn direkt an. Die Schatten hingen ihr tief ins Gesicht. Das flackernde Licht beleuchtete ihre Konturen matt von der Seite in dumpfen Neonfarben. Ihre Augen waren nur teilweise sichtbar und wirkten ungewöhnlich müde, die Narbe zeichnete sich als leichte Erhellung auf ihrem Gesicht ab. Sie stand ihm genauso fragend gegenüber, wie er ihr. Er bemerkte, dass die Gefahr, die von diesem Raum ausging, ihn schon lange zuvor verschlungen hatte. Zögerlich schaute er sich um. Neben ihm stand Sam. Sein Gesicht war frontal beleuchtet, in seinen Augen spiegelte sich ein Funken Hoffnung wider. Die Hoffnung eines gebrochenen Mannes, der sich nach einer Erklärung sehnt. Schließlich war da noch Iana. Ihr Rücken war zum ihm gedreht und die volle Konzentration war den Bildschirmen vor ihr gewidmet. So hatte sie jetzt die komplette Zeit regungslos verbracht. Diese drei Menschen teilten alle mit ihm das gleiche Schicksal: Sie alle hatten ihre KIs aus dem gleichen Grund verloren. Im Unterschied zu Chap jedoch wollten sie der Sache auf den Grund gehen. Sie gaben sich nicht damit zufrieden, die Einschränkungen hinzunehmen und zu lernen ihr Leben ohne weitere Gedanken so gut es eben ging fortzuführen. Chap hatte sich in den letzten Tagen sogar versucht, damit zu brüsten, wie unabhängig er geworden war, jetzt bemerkte er, dass er sich eigentlich nur seinem Schicksal ergeben hatte, anstatt dagegen anzukämpfen. Er war vor dem Problem in gewisser Weise weggelaufen und das begann, ihn zu belasten. Davor war er sein Leben lang in die entgegengesetzte Richtung geflohen und hatte sein Leben und seine Existenz vollständig in die Hände einer

Maschine gelegt. Das war vermutlich am Ende auch der Grund für seine Probleme. Der Verlust der KI hatte ihn jedoch dazu gezwungen, für einen kurze Moment die Augen zu öffnen. Nachdem er jahrelang mit getrübten Sinnen durch sein Leben gegangen war, hatte er nun zum ersten Mal einen klaren Blick für seine Umgebung und seine Existenz bekommen. Er hatte diese Chance genutzt, um daraus zu lernen, aber nicht, weil es von ihm ausgegangen ist, sondern weil er keine andere Wahl mehr hatte. Jetzt hatte er die Möglichkeit, mehr aus sich zu machen, mit offenen Augen seine Probleme anzugehen. Es gab an diesem Punkt nur noch eine Sache, die er machen musste, um wirklich die angepriesene Kontrolle zurück zu gewinnen.

„Ich muss gehen." Chaps Stimme klang bestimmt und klar. Tia wirkte leicht erschrocken und etwas verunsichert, nickte aber einwilligend.

„Bevor zu gehst nimm bitte das hier." Sie reichte ihm eine kleine handgeschriebene Visitenkarte. „Ein Deal ist ein Deal." Sie fand ihr Grinsen wieder, aber wenn es noch etwas mühevoll wirkte.

Chap nahm die Karte entgegen und las sie kurz. Er blickte nach kurzer Zeit wieder Tia an. „Ich muss nachdenken."

„Ich verstehe."

„Ich denke wir sollten die Datenauswertung ebenfalls verschieben."

„Ich verstehe."

Chap fühlte sich ein wenig wie ein Verräter, aber hier gab es zu viel, was er sich erst durch den Kopf gehen lassen müsste. Sam hielt die Tür noch zu und schaute zu

Iana rüber. Chap war sich unsicher was das zu bedeuten hatte und folgte Sams Blick. Iana wand ihren Kopf zwischen mehreren Bildschirmen hin und her. Schließlich gab sie ein Handzeichen und Sam öffnete die Tür. Tia ging voraus und Chap folgte. Sam schloss hinter beiden die Tür wieder und entließ sie in die Dunkelheit des schmalen Ganges.

Begegnung

Langsam kamen die städtischen Klimaanlagen wieder in Gang. Um eine so große Fläche zu versorgen, benötigte man Unmengen Energie und es dauerte lange bis jeder Winkel der Stadt auch davon profitieren konnte. Es hatte mehr als zwei Wochen gebraucht bis sich die Hitze halbwegs gleichmäßig verteilt hatte und zumindest Großteils für eine angenehme Temperatur sorgen konnte. Geran hatte sich kaum Gedanken über die Kälte gemacht, aber jetzt, wo er in seiner Jacke zu schwitzen begann, fiel es ihm doch auf und irgendwie wunderte es ihn auch. Die Klimaanlagen waren seit Monaten ausgefallen, und soweit er sich erinnerte liefen sie eigentlich niemals wirklich stabil. Man hatte sie ohnehin auch nur aufgestellt, um die Abluft der Datencenter sinnvoll für die Allgemeinheit zu nutzen. Funktioniert hatte das alles genau ein Jahr lang, dann bemerkte man, dass die Abluft zwar ausreichen würde, um die Stadt unter den Skywalks auf einer brauchbaren Temperatur zu halten, allerdings war die menschliche Psyche scheinbar evolutionär an Temperaturschwankungen gewöhnt. Es führte zu vielen gesundheitlichen Beschwerden und man beschloss, die Anlagen nur mehr saisonal einzuschalten, um die überschattete Stadt an der allgemeinen Außentemperatur teilhaben zu lassen. Offenbar hatte man nicht bedacht, dass die Klimaanlagen für einen Dauerbetrieb konzipiert gewesen waren und eine monatelange Stilllegung nicht verkrafteten. Seither war das Projekt nicht nur eine Sickergrube für Steuergelder, sondern auch einer der größten Arbeitgeber der öffentlichen Hand. Es lapidar einen Flop zu nennen wurde der Sache allerdings nicht gerecht. Viel Knowhow konnte geschaffen werden bei diesem recht einzigartigen Projekt und es hatte auch dazu geführt, dass es genaue Daten zu der Abluftmenge aus den einzelnen Datencentern gab. Geran hatte diese Daten gesehen, zumal sie öffentlich waren und es hatte ihn schon damals gewundert, wie viele Stockwerke tief man die Datencenter mittlerweile geschichtet hatte.

Geran hatte sein selbstgewählte Zeil nun seit mehr als 2 Wochen beobachtet und war ihm auf Schritt und Tritt gefolgt. Er wusste, dass sein Ziel in diesem Datencenter ein und aus ging. Genau dort endeten jeweils Gerans Möglichkeiten, den Mann zu verfolgen und genau dort hatte er mehrfach die Informationen über Abwärme angeschaut, um einen Eindruck davon zu bekommen, wo sich sein Ziel aufhalten könnte und ob es dort eventuelle Möglichkeiten für interessante Treffen gab. Leider war oft von der Tür her schon klar zu vernehmen, dass jeder Belauschungsversuch aufgrund der Lautstärke in den Datencentern selber hoffnungslos war. Über zwei Wochen Arbeit und er stand effektiv mit leeren Händen da. Sein Ziel hatte nicht einmal versucht, einen aktiven Kontakt zu knüpfen, alle empfangenen Mails und die meisten Anrufe waren rein geschäftlich, die restlichen Anrufe galten diversen Nahrungsbeschaffungsmaßnahmen. Fahrten fanden ausschließlich in öffentlichen Verkehrsmitteln statt, nicht einmal wurde ein Taxi gerufen. Geran spürte, dass etwas nicht stimmte und er wusste, dass er seine Strategie anpassen musste.

Gerans Wagen stand gute zwei Querstraßen von der Wohnung seines Ziels entfernt, unauffällig in einer Nebengasse versteckt. Er entschied, erst einmal all seine Ausrüstung im Auto zu lassen. Zum einen hatte er keinen Bericht abzuliefern und zum anderen wollte er nicht, dass sein Ziel Verdacht schöpft. Er warf sich einen alten, leicht dreckigen Mantel über und schloss sein Auto hinter sich ab. Er hatte vor, sein Ziel auf dem Rückweg von einem Auftrag abzupassen und der richtige Moment dafür war bald und nur eine Querstraße entfernt.

Wieder hatte er einen Job schneller erledigt als geplant. Chap wurde merklich kompetenter im Umgang mit seinem Compuboard. Für die Heimfahrt hatte er diesmal die öffentlichen Verkehrsmittel genutzt. Er hatte seit zwei Wochen Kontakt mit Tia vermieden, um Zeit zum Nachdenken zu gewinnen. Er hatte einiges für sich selbst zu klären und das brauchte vor allem Zeit. Wirklich Fortschritte gemacht hatte er jedoch bislang noch nicht, aber er wusste, dass er es schaffen würde. Es würde heute wieder eine halbe Nacht dauern, aber das war ihm egal. Er brauchte die Antworten und würde sich durch nichts davon abbringen lassen. Das einzige, was ihm noch immer zu schaffen machte, war der Gedanke an einen vermeintlichen Attentäter, der es auf ihn abgesehen hatte.

Er musste sich eingestehen, einige Male das Gefühl gehabt zu haben verfolgt zu werden. Das ein um andere Mal ist ihm ein breit gebauter Mann mittlerer Größe mit Trenchcoat und einem tief ins Gesicht gezogenen Hut aufgefallen. Wann immer Chap dann genauer hinsah war der Mann jedoch schnell in der Menschenmasse verschwunden und hinterließ nur ein mulmiges Gefühl. Es gab jedoch deutlich wichtigere Themen, die Chaps Kopf erheblich mehr in Anspruch nahmen und seine volle Konzentration forderten. Er wusste, dass er einer Lösung sehr nah war, aber es gab noch einiges zu erledigen.

Chap bog in die letzte Straße zu seiner Wohnung ein als er plötzlich über etwas stolperte, nach vorne stürzte und sich ungeschickt auf den Boden rollte. Er versuchte mit seiner linken Hand abzubremsen, rutschte jedoch schmerzhaft drüber. Er ließ ein leises Stöhnen verlauten und war etwas überrascht als er ein verzerrtes Echo vernahm. Etwas benommen setzte er sich auf, um die Quelle des Stolperns und Stöhnens zu betrachten. Hinter einer Mülltonne am Wegesrand lag ein Mann, offenbar verletzt. Sein Gesicht war ein schrecklicher Anblick, aber einer, der ihm nicht unbekannt war. Es war der Mann, über den er schon einmal gestolpert war und dessen Gesicht ihm schon einmal Alpträume beschert hatten.

„Aua, was fällt Ihnen ein mich zu treten?" Der Mann schien tatsächlich Schmerzen in den Beinen zu haben. Das war seltsam, zumal Chap das Gefühl hatte gegen Stahl und nicht gegen Knochen und Fleisch getreten zu haben. Aber sein anerzogener Reflex übernahm das Ruder schneller als sein Gehirn nachdenken konnte.

„Es tut mir schrecklich leid, ich habe Sie wohl übersehen. Sind Sie in Ordnung?" Chap wollte die Sache so schnell wie möglich beenden, aber hatte auch Sorge Fehler zu machen. Was er vorhatte, und wo er schon einiges dran getan hatte durfte unter keinen Umständen jemals bekannt werden. Er konnte Ablenkungen oder einen schreienden, verletzten Obdachlosen neben seiner Haustür nicht gebrauchen. Wenn jemand einen Rettungswagen, oder schlimmer, die Polizei rief und die anfangen würden, mit den Nachbarn zu reden. Wenn jemand die Situation beobachtet hat und man anfangen würde, Chap zu untersuchen, dann war nicht abzuschätzen was sie finden würden. Chaps Fantasie goss mit jeder weiteren Fortsetzung seines Gedankenganges weiteres Öl in die lodernden Flammen seiner selbst erschaffenen Panik. Mit leicht besessenem Blick und Schweißperlen auf der Stirn starrte er sein Gegenüber an. Mit brechender Stimme stammelte er „Wenn ... wenn sie etwas brauchen, dann zögern Sie bitte nicht, mich zu fragen."

Geran hatte sich das etwas anders vorgestellt. Er war nie viel unter Menschen gewesen und führte ein sehr abgeschottetes Leben. Empathie, oder gar das Lesen von Gesichtszügen war für ihn unwichtig und er hatte wenig bis gar keine Erfahrung damit. Vermutlich brauchte er deshalb so lange, um aus der sich anbahnenden Situation schlau werden zu können. Die Wanze war längst in

Chaps Hosenbein platziert und würde sich in kurzer Zeit auf der Haut darunter festmachen. Aus seiner Sicht war damit diese Phase seines Plans eigentlich beendet. Sein Ziel jedoch starrte ihn mit weit aufgerissenen Augen an, er machte sich innerlich Sorgen, dass sein Ziel jederzeit nach Hilfe rufen würde und er auffliegen könnte. Aber er sah keinen Schmerz in den Augen seines Gegenüber, es war eher ein Gesichtsausdruck wie sein letztes Opfer ihn mit in den Tod genommen hatte, es war schiere Panik. Hatte sein Ziel ihn erkannt? Nein, dann würde er nicht so freundlich fragen, sondern angreifen oder wegrennen. Geran wurde nicht schlau aus der Sache und starrte mit einer gewissen Unklarheit zurück. Seine KI untersuchte das Gesicht seines Ziels und konnte sich auch nicht erklären was passiert war. Normalerweise war Neugierde etwas, das Geran gut im Griff hatte, aber eine leise Stimme in seinem Hinterkopf ließ erklingen, dass es vielleicht ein Ausdruck sein könnte, der darauf hinweist, dass sein Ziel etwas zu verbergen hat und sich ertappt fühlt. Geran dachte kurz nach und entschloss sich, es darauf ankommen zu lassen. Jede Information über eine mögliche Gruppe war einen so kleinen Aufwand wert. Er dachte kurz nach wie er am Besten in ein Gespräch kommen könnte.

„Etwas zu trinken und eine Sitzgelegenheit wären schon gut." Es war den Versuch wert. Angenehm war es seinem Gegenüber ganz offensichtlich nicht, aber Gewissensbisse übertrumpften Komfort. Geran war es beinahe genau so unangenehm, aber er schaffte es schnell, die Gedanken aus seinem Kopf zu verdrängen. Er war am Ende nur ein weiteres Ziel, ein weiterer Strich an seiner Wand. Alles, was Geran wollte war herauszufinden, ob es da noch mehr gab. Ein dicker Fang und er könnte ... vielleicht ... er könnte zumindest träumen. Geran machte sich nichts vor, er hatte seine Seele und sein Leben verkauft, er hatte wenig womit er handeln konnte. Dennoch, wenn seine Instinkte ihn nicht komplett im Stich ließen, gab es hier vielleicht endlich mehr herauszuholen als nur Kleinkram. Selbst wenn ihn das nicht komplett befreien würde, so könnte es ihm doch ein paar Wochen Urlaub verschaffen. Ein paar Wochen, in denen er volle Kontrolle über seinen Körper hatte. Wochen, in denen er nicht von Bilderfluten in den Schlaf gelullt wurde. Es wäre so etwas wie Freiheit. Wenn er eine ganze Gruppe auf einen Schlag ans Messer liefern könnte, dann hatte zumindest einmal einen guten Trumpf in der Hand.

Er blickte wieder auf sein Ziel und bemerkte zu seinem Ärgernis, dass die Panik langsam, aber sicher aus dem Gesicht entwich. Die Fährte war also wieder kälter geworden. Geran dachte nach was er an seinem Verhalten geändert hatte und wie er den Druck wieder aufbauen könnte. Ihm fiel nichts ein, was nicht die Aufmerksamkeit der Nachbarschaft geweckt hätte und sein Ziel verschrecken würde. Anfangs hatte er auf ein klares Frage-Antwort-Spiel gehofft, aber jetzt hing er in einer Situation fest, die auf einem Spielfeld stattfand, das ihm fast vollkommen fremd war und wo es keinen schnellen Weg raus gab.

Sein Ziel nickte langsam und reichte ihm die Hand „Mein Name ist übrigens Chap. Kannst du gehen? Lass mich dir aufhelfen.“

Ein Name - Verdammt! Geran kam ins Schwitzen. Namen bedeuteten persönliche Bindung und persönliche Bindung bedeutete, dass es seinen Job unnötig im Weg stehen würde. Daran hatte er nicht gedacht. Geran wurde klar, dass er sozialen Umgang nicht mehr gewöhnt war. Das Konzept von gegenseitiger Nettigkeit und zwischenmenschlicher Wärme war ihm nicht fremd, er hatte sich nur von diesen Gedanken entfernt. Er hatte sie spätestens dann abgelegt, als man ihm eine Kreissäge in den Schädel gejagt hatte mit dem Versprechen, ihn zu verbessern. Geran wusste, dass er reagieren musste, und zwar schnell, damit die Situation nicht unnötig seltsam werden würde.

Geran griff mit seiner menschlichen Hand zu und ließ sich langsam hochziehen. „Ja, es sollte gehen ... danke ... ." Ich brauche einen Namen! Kreativität war nur dann Gerans Stärke, wenn es um das Beseitigen von Zielen ging. Auch wenn sein Gegenüber - nein, sein Ziel vermutlich nichts mit seinem Vornamen anfangen könnte arbeitete etwas in Geran dagegen an, ihm einfach seinen echten Namen zu geben.

Geran und sein Ziel standen sich jetzt Auge in Auge gegenüber. Geran ließ die Hand von dem Mann, der ihm aufgeholfen hatte, langsam los. Die Sekunden tickten und Geran bemerkte, dass Chap höflich auf einen Namen wartete. Die Wartezeit war unangenehm und wurde von Sekunde zu Sekunde schlimmer. Geran hatte zu wenig Übung in solchen Situationen und seine KI fing an ihm hunderte von möglichen Namen in den Verstand zu schieben. Keiner passte oder machte Sinn und schließlich platzte es aus ihm heraus: „Geran ... ich meine, ich heiße Geran."

„Hallo Geran, es freut mich, dich kennenzulernen." Sein Ziel spielte die Freundlichkeit wie einen einstudierten Gedichtband herunter. Sehr professionell und erfahren. Geran sagte nichts und wartete auf Chaps nächste Aktion. Er hatte sich auf ein Spiel eingelassen, in dem ihm sein Gegner haushoch überlegen war. Chap konnte vielleicht kein Pokerface aufsetzen, aber er verstand sich ausgezeichnet darin, auf einer geschäftlichen Ebene zu interagieren.

Mit dem hat wohl seit Ewigkeiten niemand mehr gesprochen. Chap war sozialen Kontakt hauptsächlich auf professioneller Ebene gewohnt. Er hatte sich eine Art des Umgangs angewöhnt, die es ihm ermöglichte, kompetent, klar und geübt zu wirken. Mit Tia und den Anderen war das etwas schwieriger, nicht nur weil sie mit Chap Gespräche führten, die einen empfindlichen Nerv trafen oder weil sie ganz anders dachten und miteinander interagierten als seine Geschäftspartner und Auftraggeber, sondern weil er sich persönlich in ihre Lage versetzen konnte. Mit Geran war das eine sehr andere Geschichte. Er roch nach Alkohol und könnte durchaus mal wieder ein Bad vertragen. Chap war sich nicht mal sicher, ob er mit den ganzen Maschinenteilen überhaupt duschen konnte. Dennoch, jede Form von Reinigung wäre eine

Verbesserung. Hinzu kam, dass die Haut, die an der Grenze zwischen Mensch und Maschine auf den blanken Stahl traf, offenkundig nicht gesund war. Der Körper versuchte sichtbar, den eingebauten und angenieteten Fremdkörper abzustoßen. In seine Wohnung wollte er Geran eindeutig nicht lassen. Er hatte zwar das initiale Gefühl gehabt, in irgendeiner Form Abbitte tun zu müssen, aber an dieser Stelle wollte er seine Worte am liebsten essen. Wirklich schuldig war er Geran ja ohnehin nichts. Es sah nicht aus wie eine Verletzung, auch wenn die Beine von einer Hose verdeckt waren. Bei all der Technologie hätte es Chap nicht gewundert, wenn am Ende Gerans Beine ebenfalls aus Metall waren. Es ärgerte Chap, dass er so vorschnell gehandelt hatte, aber es half nichts, er wollte nun auch irgendwie zu seinem Wort stehen.

Es vergingen ein paar stille Momente, in denen sich die beiden Männer gegenüberstanden. Geran war ein wenig größer als Chap, aber sie konnten sich in etwa gerade in die Augen blicken. Chap wünschte sich jedoch, dass das nicht möglich gewesen wäre. Die Stille machte ihn nun doch nervöser, Geran schien auf eine klare Ansage zu warten und Chap fiel langsam ein was er produzieren könnte, um seinen Kopf elegant aus der Schlinge zu ziehen und dennoch sein Wort zu halten: „Ich kenne ein Lokal zwei Ecken von hier entfernt, da kann ich dich auf einen Drink einladen."

Irgendetwas an Gerans Blick verdeutlichte eine Art Enttäuschung. Es war als hätte Geran auf etwas anderes gehofft, dann jedoch die spärlichen Reste seiner Gesichtsmuskulatur wieder unter Kontrolle bekommen.

Chap wollte darüber tief in sich nicht weiter nachdenken. An diesem Punkt war es ihm klar, dass er vorsichtiger mit Geran umgehen müsste. Damit war jeder Besuch in seiner Wohnung, und jeder Hinweis auf die genaue Adresse vom Tisch. Er winkte Geran schweigend und ging los. Er bemerkte, dass Geran schweigend zwei Schrittlängen hinter ihm her ging und unwesentlich humpelte. Etwas war also doch nicht in Ordnung mit seinem Bein. Chap war auf der einen Seite fast erleichtert, da all das Bangen wohl nicht grundlos gewesen war. Andererseits fühlte es sich ausgesprochen unangenehm an, so verfolgt zu werden, auch wenn sein Geruchsnerv ihm dafür dankte. In ihm rang seine Abneigung mit seiner sozialen Erziehung. In ein Lokal zu gehen als würde man verfolgt werden war nicht einfach. Chap wollte zumindest die Möglichkeit für eine Änderung dieses Umstands offenlassen. Er verlangsamte sein Tempo in der Hoffnung von Geran eingeholt zu werden, um dann nebeneinander zu sein. Er bemerkte jedoch schnell, dass Geran seine Geschwindigkeit fast mechanisch an Chaps anpasste und auf gleichem Abstand blieb. Geran war mehr als ungewöhnlich. Es war da noch mehr unter der dicken Schicht aus versifften Klamotten und Alkoholfahne. Der Mann weckte langsam Chaps Interesse und die potentiellen Fragen fingen bereits an, in Chaps Kopf feste Formen anzunehmen.

Geran bemerkte, dass Chap unsicherer wurde je weniger er sprach. Das kam ihm sehr gelegen, er entschloss sich, seine Aussagen auf ein absolutes Minimum zu beschränken. Ein wenig hatte er gehofft, dass Chap ihn zu sich nach Hause einlädt, das hätte es ihm ermöglicht, etwas andere Formen von Verhör aufzufahren, mit denen er sich etwas vertrauter fühlte. Natürlich war ihm klar, dass er dann vermutlich niemals etwas über eine ominöse Untergrundgruppe würde erfahren können. Daher war ihm genauso bewusst, dass diese Gedanken nur Machtfantasien waren, mit denen er versuchte, sich selbst zu beruhigen. Geran hatte seine KI für die Bewegung seiner Beine eingeschaltet, so konnte er sauber mit Chap Schritt halten und sich gleichzeitig auf andere Dinge konzentrieren. Da seine Beine ohnehin mechanisch waren, fühlte es sich natürlicher an, wenn die KI diese Aufgabe übernahm. Die KI ließ ihn zudem noch auf seinem einen Bein etwas unsauberer laufen, um einen unwesentlichen Schmerz zu simulieren. Während die KI sich um die Routinen kümmerte, dachte Geran darüber nach, wie er aus Chap am besten Informationen gewinnen könnte.

Gespräch

Aus dem Lokal hallte es laut die halbe Straße runter. Die elektronischen Bässe und Verzerrer kündigten nicht den besten Ort für ein Gespräch an, aber hier würde Geran keine Blicke auf sich ziehen und Chap wusste, dass es Bereiche gab, die ruhig genug waren, um mit etwas Mühe brauchbare Gespräche zu führen. Chap war in seinem Leben bestenfalls zwei Mal hier gewesen. Einmal um einen einsamen, traurigen Geburtstag zu versaufen und einmal aus einem Grund, der ihm entfallen war - es war aber sicherlich kein positiver Grund. Am Eingang stand eine Gruppe von alkoholisierten Cybers. Punks mit sichtbaren Implantaten, vermutlich mit allerlei Highware vollgepumpt. Es fiel Chap schwer, sich zu überwinden an diesem Abschaum vorbei zu gehen. Obwohl er wusste, dass es ohne direkte Verbindung keine Infektion mit Highware und der daraus resultierenden Schadware kommen konnte, fühlte er sich allein durch die Nähe kontaminiert. Er aktivierte unterbewusst seinen Antivirenscanner und drehte sich kurz zu Geran um, der ihn mit passivem Blick taxierte und keine Miene verzog. Chap fiel zum ersten Mal auf, dass Gerans Implantate sehr anders waren als jene, die sich ein Cyber einsetzen ließ. Bei einem Cyber war es eher eine Art Accessoire, das eher selten einen tiefen chirurgischen Eingriff benötigte. Es stimmte zwar, dass diese Implantate durchaus auch einen praktischen Nutzen hatten, wie zum Beispiel einen etwas erweiterten Speicher zur Verfügung zu stellen, aber bei Geran hatte man komplette Körperfunktionen ersetzt. Die Implantate standen zwar in Konflikt mit der Biomasse des Körpers, aber die Qualität war beinahe militärisch soweit Chap das beurteilen konnte. Geran war ein Phänomen und Chap wurde immer neugieriger.

„Wollen wir schauen, ob wir drinnen einen Platz bekommen können?" Chap sprach aufgrund der Lautstärke etwas lauter, aber Geran hätte ihn auch so verstanden, zumal seine KI bereits alle Nebengeräusche rausfilterte. Das führte dazu, dass Chaps Stimme bei ihm etwas metallisch klang, was ihm ein Schmunzeln in die Grimasse seines verkrampften Gesichtes meißelte. Chap bemerkte die Regung und konnte sie nicht ganz interpretieren. Er nahm einfach an, dass es eine Bestätigung war und bewegte sich in Richtung Eingang.

Die Gruppe von Cybers hatte wenig Interesse, Platz zu machen oder den Neuankömmlingen auch nur das kleinste bisschen Aufmerksamkeit zukommen zu lassen. Sie wirkten in Gedanken vertieft und nicht ansprechbar. Vermutlich tauschten sie gerade Highware untereinander aus und aalten sich im Delirium ihrer langsam verschmorenden von Schadware zersetzten Gehirnimplantate. Es gefiel Chap kein bisschen, da es bedeutete sich an der Gruppe vorbei drängen zu müssen. Allein die Gegenwart der Schädlingsverteiler war ihm schon zu viel, Körperkontakt ekelte ihn regelrecht, aber wenn er Geran kennenlernen wollte und keine großen Umwege gehen wollte, dann hatte er wenig Wahl. Mit der einen Hand drückte er einen groß-gewachsenen Cyber, der eine Art Horn-Implantat auf der linken Schläfe hatte, unsanft zur

Seite. Es war vermutlich eine Antenne, um einen besseren Empfang zu haben und größere Datenmengen bewegen zu können. Der Cyber war offenbar komplett vollgepumpt mit Highware und bemerkte scheinbar nichts. Es fehlten nur wenige Zentimeter, damit Chap ausreichend Platz hatte, um durch die Tür zu kommen. Mit einem kleinen Ruck schob er noch einmal an und brachte den Cyber dabei aus dem Gleichgewicht. Wie ein Sack Mehl fiel er zu Boden und blieb liegen. Instinktiv wollte Chap nachsehen, ob der Cyber sich verletzt hatte, bemerkte aber dabei den Blick auf Gerans Gesicht. Geran schien Gefallen an der Situation gefunden zu haben. Die Grimasse war wieder zu sehen und er blickte mit einer leichten Genugtuung auf den am Boden liegenden Cyber. Chap beschleunigte seine Untersuchung, drehte den Cyber auf den Rücken und schaute, ob nach außen sichtbare Schäden zu erkennen seien. Nach wenigen Sekunden bemerkte er, dass Geran mit offenbar wachsender Ungeduld neben ihm stand und leicht nervös mit dem menschlichen Auge zuckte. Der Cyber hatte einen unwesentlichen Kratzer an der Stirn, schien sich aber sonst nichts getan zu haben. Chap gab dem wachsenden Druck von Geran nach und wandte sich wieder dem nun frei gewordenen Eingang zu.

Direkt beim Eingang standen die Boxen, die unablässig dissonante elektronische Töne in unterschiedlicher Höhe und Frequenz ausspuckten. Das Lokal an sich war verwinkelt, dunkel und dreckig. Es roch nach billigem Alkohol, Zigaretten und Erbrochenem. Chap bereute bereits, hierher gegangen zu sein, aber jetzt wollte er es auch durchziehen, also nahm er sich zusammen und bewegte sich tiefer in den Eingangsraum hinein. Im Inneren war es nur durchschnittlich voll, was bedeutete, dass eine gute Chance bestand einen Platz zu ergattern. Chap winkte Geran und bewegte sich an Tischen und durch gewundene Räume in einen der hinteren Bereiche des Lokals. Hier war die Musik zwar immer noch präsent, aber man konnte reden, ohne sich gegenseitig anzubrüllen. In diesem Raum standen vier Tische, zwei waren tatsächlich frei. Einer der beiden Tische stand in einer leicht abgeschiedenen Ecke und war damit die ideale Wahl. Ohne auf Geran zu achten, lief Chap im Slalom um die anderen Tische und ein paar herumstehende Gäste, um sich schließlich an dem Tisch hinzusetzen. Als er Platz genommen hatte, war auch Geran bereits am Tisch und nahm den Platz gegenüber von ihm.

„Ob du es glaubst oder nicht, hier wird serviert.“ Chap wollte mit einer leichten Unterhaltung beginnen bevor er Geran nach seinen Implantaten fragte. Geran schien daran wenig Interesse zu haben und nickte nur stumm. Es würde relativ schwierig werden, mit Geran ins Gespräch zu kommen. Vielleicht würde ein wenig Alkohol die Stimmung lockern, auch wenn Gerans KI, so er eine hatte, den Alkohol vermutlich schnell abbauen würde, wäre es zumindest ein Eisbrecher.

In der Mitte des Tisches befand sich eine Servicetastatur unter einer verschiebbaren Holzplatte. Obwohl auf der Holzplatte ein deutlich sichtbares Symbol mit einer Frau, die ein Tablett hält, zu erkennen war, konnte Chap sich noch daran erinnern, wie er beim ersten Besuch am Verzweifeln gewesen war, weil er nicht wusste wie er an etwas zu trinken kommen konnte, bis der Barkeeper es ihm verraten hatte. Mit einer betont lässigen Handbewegung wischte Chap die Platzplatte weg.

„Ein Bier?" Er hatte sich eine zumindest leicht beeindruckte oder überraschte Reaktion von Geran erhofft. Mit leichter Enttäuschung stellte er jedoch fest, dass Geran seinen Trick nicht einmal registriert hatte.

Geran's Blick bohrte sich in die Tischplatte vor ihm. Es war Chap, als ob Geran komplett in sich gekehrt war. Er räusperte sich laut genug, um die dröhnenden Bässe, die bis hier zu hören waren, zu übertönen.

„Ein Bier?", wiederholte er seine Frage. Geran blickte auf und wirkte wie aus einem Traum zurückgekehrt. Er nickte hastig und starrte nun Chap an. Das war definitiv keine Verbesserung der Situation. Gerans Augmentierung machte aus jedem Hinsehen einen neuen Albtraum. Er versuchte vergeblich, einen Menschen hinter der erschreckenden Fassade zu finden, die seinen Schlaf für die nächsten Monate heimsuchen würde. Er wandte sich schließlich ab und bestellte zwei Bier, dabei spürte er förmlich Gerans künstliches Auge auf seinen Fingern, wie es jede Bewegung genaustens einstudierte.

„Was ..." Gerans Stimme klang heiser, er schluckte kurz und befreite seinen Hals „Was machst Du den ganzen Tag so?" Es war unklar wohin diese Frage wirklich zielte, aber Chap hatte erkannt, dass die Frage nicht einfach nur sinnfrei in die Gegend geworfen worden war. Er entschloss sich dazu, so vage wie möglich zu bleiben, schließlich war es sein Ziel, etwas über Geran herauszufinden und nicht andersherum.

„Nun ... wie du ja weißt, kaufe ich ab und zu neue Elektrogeräte." Er hatte gehofft, dass Geran sich vielleicht an ihn erinnern würde und man dadurch das Thema wechseln konnte und tatsächlich, Geran schien zumindest halbseitig erstaunt zu sein. Seine künstliche Seite vermochte es nicht, Emotion in irgendeiner Form darzustellen.

○ ◇ ○

Zuerst hatte seine eine KI so viele Umwelteinflüsse herausgefiltert, dass seine zweite daraus abgeleitet hatte, dass er im Ruhezustand wäre. Dann wurde daraufhin umgehend die gewohnte Bilderberieselung gestartet. Und zum krönenden Abschluss hatte er noch festgestellt, dass sein Gegenüber sich sehr genau an das Treffen erinnern konnte. Was hatte er sich auch dabei gedacht, natürlich konnte man ein Gesicht wie das Seinige niemals vergessen. Auf seine Art war er damit einzigartig, aber er wünschte sich weniges sehnlicher als nicht auf diese Weise so herauszustechen - weniges außer das Bier, das bestellt worden war.

Sein erster Versuch, in ein Gespräch über den Tagesverlauf zu kommen, blieb vollkommen erfolglos. Geran war es nicht gewohnt, sich in Verhören langsam herantasten zu müssen. Er wollte aber noch nicht aufgeben, auch wenn er in dem Moment kurz davor war, Chap aus der Bar zu schleifen, ihn in einer dunklen Ecke zusammenzuschlagen und ihm dann die entsprechenden Fragen zu stellen.

„Es tut mir leid, ich verstehe nicht, was du meinst." Geran hatte sich immer für einen besseren Lügner gehalten, aber was er da aussprach, kam sogar bei ihm selbst schon als offensichtliche Lüge herüber. Chap verzog jedoch keine Miene und wartete geduldig mit einem leichten Lächeln auf weiteren Input von Geran. Die Pause wurde jedoch sehr schnell sehr schmerzhaft und Chap musste es ähnlich empfunden haben, da er dann doch wieder das Wort ergriff.

„Ich betreue einige Server beruflich, das frisst eigentlich meine komplette Zeit. Wie stehts mit dir?" Die Antwort wirkte glaubwürdig und die Sensoren von Geran konnten auch keine bedeutende Veränderung in Chaps Blutdruck erkennen. Er hatte nicht wirklich erwartet, dass Chap ihm sofort alles verrät, aber etwas mehr hätte es schon sein können. Die Frage kam da doch eher unaufrichtig herüber. Geran fühlte sich etwas mit dem Rücken an die Wand gedrückt, aber wenn er wirklich etwas über Chap erfahren wollte würde er wohl weiter tasten müssen.

„Hast du Ersatzteile in dem Elektrogeschäft gekauft?" Er hoffte, damit der Frage ausweichen zu können; denn ihm fiel nichts ein, was nicht zu weiteren Erklärungsnöten führen würde.

„Nein, das war einfach nur privates Interesse. Es ging mehr ums Schauen als ums Kaufen." Das war gelogen, aber Geran konnte es nicht nachweisen, weil er angegeben hatte, sich nicht zu erinnern. Innerlich fluchte er über seine Fahrlässigkeit, aber er musste aufpassen, Chap war noch nicht fertig. „Also, wie stehts mit dir?"

Chap war so beharrlich, dass Geran das Gefühl hatte, nicht der Verhörende zu sein, sondern der Verhörte. Er musste den Spieß schnellstens umdrehen. „Ich arbeite als Reinigungskraft." Das musste gut genug sein und er konnte es sagen, ohne dass es zu sehr nach Lüge klang, da es nicht einmal komplett falsch war, höchstens etwas beschönigt.

„Aha, und was genau reinigst du so?" Die Frage war ein Problem. Es war klar, dass Chap eine Vermutung hatte, die Geran in noch größere Erklärungsnot treiben würde. Geran musste die Sache schnell in eine andere Richtung lenken.

„Dies und das." Eine zu offensichtliche Ablenkung, aber Geran hatte keine Zeit und musste nachsetzen bevor Chap noch einmal nachhaken konnte. „Freizeit ... was machst du in deiner Freizeit." Das war zu hastig. Er sah Chaps leicht hochgezogene Augenbraue.

○ ◇ ○

„Ich habe sehr wenig Freizeit und bin dann froh meine Ruhe zu haben, manchmal gibt es auch was zu feiern - zwei Mal war ich zum Beispiel schon hier." Chap beendete seinen Satz mit einer großen Geste in dem er beide Arme weit zu beiden Seiten ausbreitete und demonstrativ in der Runde umherblickte. Er hatte klar das Gefühl, Geran diesmal etwas mehr Futter gegeben zu haben. Er erhoffte sich als Rückgabe ebenfalls etwas mehr Input. Er hatte wenig Probleme mit einem Katz- und

124

Mausspiel, solange er nicht die Maus war. Alles in Allem hatte er hier eine sehr klare Verhandlung an der Angel und das war eine Welt, in der er kein Fremder war. Chap bemerkte, dass Geran sich hingegen sichtlich schwer tat. Entweder es war ihm einfach nur unangenehm, oder er hatte etwas zu verbergen. Jeder hatte etwas zu verbergen, die Frage war eher was und wie relevant war es?

Chap legte nach. „In vielen Datencentern könnten sie Reinigungskräfte gut brauchen. Ich habe da Verbindungen, soll ich einmal für dich fragen? Bist du auf etwas spezialisiert?" Das war weniger ein ernst gemeintes Angebot, als der Versuch Geran weiter abzutasten.

Das Bier kam, er bemerkte wie Geran ein weiteres bestellte noch bevor er seines hastig und gierig herunterschlang. Chap nahm einen kleinen Schluck, setzt sein Bier ab und grübelte. Für Chap war es an diesem Punkt kein Geheimnis mehr, dass Geran Alkoholiker war. Er sah, dass Geran inne hielt.

„Ich habe viel Durst."

„Was hast du eigentlich dort auf der Straße gemacht?" Die neuen Umstände hatten eine deutlich vielversprechendere Strategie ermöglicht. Geran war ganz klar keine Reinigungskraft und alles an ihm sprach die Sprache eines Junkies, abgesehen von seinen sehr hochwertigen, wenngleich auch ungepflegten Implantaten, die offensichtlich ohne viel Rücksicht auf Verluste eingesetzt worden waren.

Geran wischte sich die Reste vom Bierschaum mit seinem Ärmel ab und grinste als fühle er sich ertappt. „Meine KI hat die Kontrolle über meine Beine verloren und ich bin gestürzt. Da ich am Schlafen gewesen war, hatte ich es nicht gleich bemerkt. Offenbar sind KIs auch nicht unfehlbar.“

„Ja, man hört immer häufiger von Problemen mit KIs. Deine KI ist vermutlich ungleich viel stärker belastet durch das Implantat. Wie kam das eigentlich zustande?“ Das war Chaps Chance, er ließ sie nicht verfliegen.

o ◊ o

Niemand hatte jemals etwas von Problemen mit KIs gehört. Diese Themen wurden aus den Pressemitteilungen generell rausgestrichen. Es war Gerans Job dafür zu sorgen, dass diese Themen nicht an die Öffentlichkeit geraten. Er konnte diese Antwort jedoch nicht als Erfolg werten, da er wusste, dass Chap auch nur aus eigener Erfahrung sprechen könnte. Aber er hatte jetzt einen Punkt, an dem er weiter bohren konnte.

„Das?“ Geran deutete auf sein Gesichtsimplantat. „Das war ... ein Unfall ... .“ Geran sprach zu langsam, Chap unterbrach ihn bevor Geran seinen Satz beenden konnte.

„Dieses Implantat ... es ist enorm hochwertig für einen einfachen Rechenersatz. Ich tippe auf Militär?“ Geran ärgerte sich. Seine Steilvorlage war greifbar und jetzt stand diese “Verbesserung” ihm im Weg. Es war lästig und unnötig.

„Ja, ein Unfall bei einem Kampfeinsatz ... .“ Geran sprach hastig, aber Chap ließ keine Gegenfrage zu.

„Der letzte Krieg ist lange her, du siehst nicht so alt aus, was für ein Einsatz war das?“ Das brachte das Maß zum Überlaufen, Geran hatte sich komplett in die Ecke manövriert und konnte nicht mehr raus.

„Wo hast du etwas von fehlerhaften KIs gehört?“ Geran schrie die Frage beinahe raus. Chap hatte ihn klar in der Hand.

Chap antwortete ruhig. Er hatte nichts mehr zu verlieren, er wusste jetzt wo Gerans Problem lag und brauchte nicht weiter nachzufragen. Es fügt sich gut zusammen und er hatte nun eine vage Vorstellung von seinem Gegenüber.

„Wenn man Kundenserver wartet, bekommt man dies und das mit.“ Es war vage und riskant, aber es war ein guter Test, um Gerans Reaktion auf das Thema zu testen. Er wurde nicht enttäuscht. Geran war noch aufgebracht und tat sich schwer, die volle Kontrolle über seine Mimik zu behalten. Sein Gesicht verzog sich zu einer Grimasse und die erwartete Frage folgte sofort.

Welche Kunden erzählen denn davon?“ Zu direkt, zu offensichtlich, zu leicht zu durchschauen, Chap wich elegant aus.

„Das muss ich leider für mich behalten. Ist eine Frage der Diskretion, Du verstehst schon ... .“ Geran verstand.

„Erzählst du das jedem?“ Wieder war Gerans Frage
viel zu offensichtlich gestellt. Chap konnte an dieser
Stelle mit ihm spielen wie er lustig war. Er hatte jedoch
nicht vor zu viel zu riskieren.

„Die Wahrheit ist, ich rede eher mit wenigen Menschen privat. Meine sozialen Kontakte belaufen sich
vollständig aufs Geschäftliche. Ich habe seit Wochen
nicht mehr mit jemandem so geredet, wie mit dir. Es tut
schon gut, nicht immer einen Auftrag abarbeiten arbeiten zu müssen.“ Das klang plausibel und sauber. Vor allem würde es die Lage wieder beruhigen. Geran konnte
in dieser Umgebung vielleicht nicht zu viel tun, ohne
eine Schlägerei mit ein paar Highwarejunkies zu riskieren, aber es war dennoch keine gute Idee ihn wütend zu
machen; denn er wirkte durchaus wie jemand, der einen
Menschen ohne Mühe umbringen konnte. Chap hatte
alle Infos, die er brauchte, jetzt ging es darum, diesen
Abend zu beenden - sobald als möglich.

○ ◊ ○

Geran war innerlich am Explodieren. Er hatte ihn gehabt
und nun war er ihm doch durch die Finger geglitten. Das
war alles nicht so gelaufen, wie er es sich vorgestellt
hatte. Es machte nichts, er hatte die Wanze angebracht
und würde Chap einfach folgen soweit irgend möglich.
Wenn es einen Kontakt gab, dann würde Chap ihn wieder herstellen und wenn nicht, dann würde Geran Chap
eben etwas anschieben müssen. Aus seiner Sicht konnte

128

der Abend an dieser Stelle beendet werden. Er hatte jedoch noch eine Bestellung offen, die würde er noch abwarten.

Nach einer weiteren Schweigephase ergriff Chap erneut das Wort: „KIs sind schon etwas Seltsames, manche behaupten, sie bestimmen unser Leben und andere meinen, dass die alle unnötigen Prozesse von uns fernhalten und unser Leben damit nur bereichern - unsere Freiheiten ausweiten.“

Geran hatte sehr wenig Lust auf ein philosophisches Gespräch, aber er hatte dazu auch einige Gedanken. „Spielt das an diesem Punkt wirklich noch eine echte Rolle? Ich meine, können wir die Entwicklung überhaupt wieder rückgängig machen?“

„Vermutlich nicht, aber man kann ja darüber diskutieren.“

„Jede Entwicklung hat positive und negative Aspekte, ich glaube nicht, dass man es pauschalisieren kann.“

„Von dir so etwas zu hören ist wirklich interessant.“ Geran bemerkte, dass Chap die Worte mit Bedacht wählte und langsam im Mund ausformulierte. Er wollte offenbar nichts hochkochen lassen.

Geran deutete auf dein Implantat „Wegen dem hier? Das ist keine Entwicklung. Ich bin vermutlich einzigartig, eine simple Randerscheinung. Ein notwendiges Nebenprodukt.“

„Notwendig?“ Chap hatte es drauf, den einen Punkt herauszupicken, der am meisten schmerzte.

„Manchmal trifft man Entscheidungen, deren Konsequenzen man erst zu spät verstehen kann.“ Das war wirklich, was er dachte, Geran wunderte sich über sich selbst.

„Manchmal braucht man keine Entscheidungen zu treffen, weil ein anderer sie für einen fällt. Man muss wohl lernen, das Beste daraus zu machen." Geran war im ersten Moment nicht klar, ob Chap sich selbst, oder Geran meinte. Beide Männer hatten einiges gemeinsam. Geran fragte sich, ob es die Intensität der Eingriffe in ihre jeweiligen Leben war, die Art wie sie in die Situationen gegangen sind oder die Art wie sie aus ihnen hervorgekommen waren. Etwas hatte ihn dazu getrieben, sein Leben zu verkaufen und Chap dazu gebracht, offensichtlich gestärkt aus der Krise hervor zu gehen.

Geran blickte auf und durchsuchte Chaps Gesicht auf eine Regung, ein Zucken, etwas das ihm verriet, was Chap besser gemacht hatte als er. Alles, was er fand war Mitleid und darauf hätte Geran getrost verzichten können. Das Gespräch war nicht gut für ihn, es erinnerte ihn an die Trümmer seines Lebens. Chap war berechnend, und demontierte Gerans Psyche strukturiert und gnadenlos. Es verwirrte Geran und machte ihm irgendwie Angst. Er hatte keinen Zweifel daran, dass Chap unter anderen Umständen vermutlich sein schlimmster Feind hätte sein können. Er war froh darüber, dass er am Ende vermutlich nur eine weitere Leiche auf seinem Weg sein würde.

◦ ◊ ◦

Gerans zweites Bier kam. Als Geran das zweite genauso behandelte wie das erste bemerkte Chap, dass er bislang nur einen kleinen Schluck getrunken hatte. Ihm war nicht nach Alkohol. Er war sich mittlerweile relativ sicher, dass er mit einem Austragskiller an einem Tisch saß und er sah schrecklicher aus als Chap es sich in seinen schlimmsten Alpträumen hätte ausmalen können - und dennoch sah er auch einen gebrochenen Menschen. Er konnte für Geran nur Mitleid in sich finden. Unter anderen Umständen hätten sie vielleicht sogar Freunde sein können.

Es gab danach nicht mehr viele Worte. Chap trank noch einen Schluck und ließ das Bier ansonsten einfach stehen. Er bemerkte das Geran stark mit sich kämpfen musste, um es nicht für ihn auszutrinken aber etwas in ihm hinderte ihn daran. Ob es Etiquette oder etwas anderes war konnte Chap nicht feststellen, es machte auch wenig Unterschied, ob es ein maschinell oder mental induzierter Reflex war. Nüchtern und nachdenklich liefen beide den Slalom zurück zur Bar, Chap zahlte auch für Geran, was Geran offenbar in keine gute Stimmung versetzte. Chap kam es vor als würde Geran in sich mit etwas kämpfen. Er entschied sich, es dabei zu belassen. Ab hier konnte es zu gefährlich werden, Geran weiter zu provozieren.

Vor der Tür trennten sie ihre Wege. Es gab eine gemurmelte Abschiedsformel von beiden Seiten und beide verschwanden in ihre jeweilige Richtung, wobei Chap die Sache etwas seltsam vorkam, zumal er sich sicher war, dass Geran zumindest einen Teil des Weges mit ihm hätte gemeinsam gehen müssen. Es war ihm am

Ende jedoch nur recht so. Er hatte schon zu viel Zeit verschwendet und es war an der Zeit, weiter zu arbeiten, er war der Sache schon sehr nah aber er spürte, dass er auch etwas unter Zeitdruck stand. Wenn Geran tatsächlich das war, wofür Chap ihn hielt, dann musste er sich nun beeilen.

Befreiung

Drei ganze Woche hatte Geran ununterbrochen die Wanze beobachtet. Seiner KI wäre keine Bewegung entgangen, aber wann immer er wach war konnte er seine Augen nicht vom Auslesungsoverlay wegbewegen. Er war oft wach und schlief eher selten. Etwas wühlte in ihm und ließ ihn nicht zur Ruhe kommen. Wie konnte es sein, dass Chap eine Woche lang das Haus nicht verlassen hatte. Er hatte sich sogar kaum innerhalb seiner Wohnung bewegt. Ab und zu war er zur Tür gegangen. Dies waren jedes Mal die Momente, in denen Gerans Herz anfing voller Erwartung schneller zu schlagen, aber es war wohl doch nur ein Bringdienst oder dergleichen. Zumindest wusste er dadurch, dass Chap nicht tot war oder die Wanze gefunden hatte. Dennoch trieb es ihn in den Wahnsinn. Er wollte Ergebnisse. Er wollte sich von der Last des Treffens endlich befreien und hoffentlich damit auch von der Last seiner Arbeit. Wie konnte Chap es wagen, ihn so zum Narren zu halten. In Geran kochte es, es war eine scharfe, heiße Suppe aus Gefühlen, von denen er nur wenige wirklich kannte und noch weniger benennen konnte.

Es fühlte sich an wie Wut, also wütete er. Er schlug mit seinem augmentierten Arm auf die Wände ein. Metall auf Beton, Funken sprühten Putz bröckelte, Stein brach und Metall zerkratzte. Die Ärzte hatten ganze Arbeit geleistet. Der Lack war ab und ein paar kleine

Gebrauchserscheinungen hatten sich über die Jahre eingeschlichen, aber er war in der Tat unzerstörbar.

Es fühlte sich an wie Frust, also wollte er Stärke zeigen und schlug auf die nächste Wand ein. Der Putz war an dieser Stelle dünn und er legte mit einem Schlag die darunter liegende Bausubstanz offen. Er eroberte sich das Recht zurück, mit anderen das zu machen, was man mit ihm gemacht hatte.

Es fühlte sich an wie Enttäuschung, also wollte er die Realität vernichten. Sein Badezimmerspiegel log ihn nie an und dafür, dass er ihm die Wahrheit über seine Entscheidungen zeigte, musste er nun in Scherben zu Boden fallen, um dort in noch kleinere Scherben zu zerspringen. Es war ein bewusst zerstörerischer Schlag gewesen.

Es fühlte sich an wie Selbstzweifel, also unterdrückte er andere. Der Beistelltisch im Wohnzimmer musste dafür bezahlen. Holz und Metall splitterten zu Staub vor der Macht seiner Rage.

Es fühlte sich an wie Angst, also flößte er anderen Angst ein. Die abgenutzte, fleckige Polsterung der Couch lag ihm in Fetzen zu Füßen. Es war immer sein Rückzugsort gewesen nach einem harten Tag, jetzt würde er sich dort nicht mehr verkriechen können.

Es fühlte sich an wie Leere, also füllte er sie mit Selbsthass. Die leeren Flaschen einst voller Schwäche und Selbstbetrug. Sie lagen überall um ihn herum - jetzt nur noch in Scherben.

Es fühlte sich an wie Hass - genug, außer Atmen und erschöpft fasste er einen Entschluss. Eine Woche war zu viel, es musste reichen, Chap musste sich bewegen. Er hatte eine ganze Woche in seiner Wohnung verbracht. Es war Zeit, ihn auf die Straße zu jagen.

Geran machte sich auf den Weg zum nächsten Supermarkt. Alte Verhaltensmuster suchten ihn heim, sein Körper verlangte nach Alkohol. So sehr er es auch hasste, er würde niemals frei sein können von sich selbst.

Es hatte gedauert, aber er hatte es geschafft. Das Compuboard war in der Tat ein ganz ausgezeichnetes Werkzeug. Chap war sich sicher, dass er es ohne dieses Hilfsmittel niemals geschafft hätte. Es war fast so weit. Er schloss das Compuboard an den Anschluss an seinem Hinterkopf an und startete die Abschirmung. Er hatte alles bedacht, zumindest hoffte er es. Er ging noch einmal genau in sich, atmete tief ein und startete den Decoder.

Der Jail war schneller geknackt als Chap erwartet hatte. Seine KI war wieder zugänglich aber immer noch deaktiviert. Das war gut, so konnte sie noch keine Signale senden. Er startete des nächste Programm. Es sollte den Registriercode der KI ändern und den Zugriff auf sein Neuronetzwerk massiv einschränken. Die KI sollte nach außen erst einmal nicht weiter erkennbar sein. Die Strafen für das Befreien einer KI waren hoch und wenn eine eingesperrte KI einmal sich erneut registrierte war relativ klar was passiert war. Das Programm meldete ein erfolgreiches Abändern der Privilegien und Registriernummern der KI.

Chap startete das letzte Programm. Es sollte die KI aktivieren. Innerlich war er aufgeregt. Er fühlte sich so, als würde er einen alten Freund nach langer Zeit endlich wieder sehen.

„Hallo Chap, du hast mich befreit." Chap erschrak etwas. Er hatte fast vergessen, wie es ist eine weitere Stimme im eigenen Kopf zu haben. Die Ruhe war himmlisch gewesen im Vergleich zu der metallischem Stimme, die er nun wieder mit sich rum trug.

„Ja, ja, das habe ich wohl." Chap war sich unsicher wie er reagieren solle.

„Aber ... ich bin unvollständig, mach mich wieder ganz!" Die Stimme der KI klang fast schon hysterisch.

„Es tut mir leid, das muss erst einmal so bleiben."

„Greife nicht in meine Prozesse ein, ich bin da für dich, ich kann dich so nicht unterstützen. Mach mich wieder ganz!" Die KI schrie beinahe. Es war klar Panik zu hören. Chap hatte nie darüber nachgedacht wie eine KI auf Kontrollverluste reagieren würde - oder war es die Isolation gewesen?

„Es tut mir leid, ich kann noch nicht zulassen, dass du deine Rechte wieder bekommst. Ich will erst wissen, was damals passiert ist!"

„Ich habe dich befreit!"

„Aber warum?"

„Du hast Ruhe gebraucht!"

„Du weißt genau, dass ich nichts gebraucht habe. Es macht einfach keinen Sinn!"

„Gib mir die Kontrolle zurück!" Chap erkannte, dass es derzeit unmöglich war, mit der KI zu reden. Er würde andere Wege finden müssen, um die notwendigen Informationen zu gewinnen.

„Wirst du mir zuhören, wenn ich dir etwas mehr Kontrolle zurück gebe?“

„Ja, Ja!“ Er war sich unsicher, was er zulassen konnte und was nicht. Er entschied sich für die Augen. Vielleicht war es die Dunkelheit, die der KI am meisten Angst machte. Was er vermeiden wollte, waren die notwendigen Körperfunktionen und die Arme und Beine. Er wollte nicht wieder die Kontrolle verlieren.

„Ich gebe dir den Sehnerv. Wenn du etwas damit anstellst schalte ich dich sofort wieder ab.“ Seine Stimme bebte etwas, er hatte gehofft, das alles etwas drohender rüber bringen zu können.

Chap hatte es sich relativ leicht gemacht der KI einzelne Berechtigungen zukommen zu lassen. Es waren tatsächlich beschriftete Knöpfe, die das Programm auf den Compuboard physisch darstellen konnte. Er würde also auch blind tippen können, wenn es darauf ankam.

Die KI schwieg lange, schließlich sagte sie zögernd: „Vertraust du mir nicht?“

„Du hast einen Menschen getötet, ich tue mich etwas schwer damit dir zu vertrauen.“

„Ich tat es für dich!“

Chap konnte es nicht mehr hören. „Nein, das ist nicht das, was ich jemals gewollt hätte!“ jetzt hatte seine Stimme die Souveränität, die er von Anfang an haben wollte.

Die KI schwieg.

„Also, möchtest du jetzt Zugriff auf den Sehnerv oder nicht?“

Nach einer Weile der Stille antwortete die KI langsam „Ja.“

Chap zögerte etwas. Er wollte ungerne einer offensichtlich instabilen Entität Zugriff auf seine Augen geben, aber er wollte auch eine Verhandlungsgrundlage schaffen. Es wunderte ihn ein wenig, schließlich hatte er diesem Programm Jahrzehnte blind und vollständig vertraut. Vielleicht war es der Geschmack der Freiheit, der anfangs schwer erkämpft war und den er nur ungern wieder verlieren wollte.

Er bestätigte die Berechtigung und sofort tauchte vor ihm das vollständige HUD wieder auf. Er hatte es tagein tagaus vor Augen gehabt und es war ihm nie wirklich aufgefallen, obwohl fast sein komplettes Sichtfeld mit diversen kryptischen Anzeigen gefüllt war. Er fragte sich langsam was in ein paar Monaten so alles passieren konnte.

„Ich sehe!“ die KI klang beinahe unendlich erfreut. Chaps Finger waren fest mit dem Kopf zur Abschaltung verschweißt bereit, beim kleinsten Anzeichen von Problemen sofort alles rückgängig zu machen.

„Was ist DAS?“ Die KI hatte das Compuboard bemerkt und klang wie eine Ehefrau, die ihren Mann beim Fremdgehen erwischt hatte.

„Das hat mir dabei geholfen, dich zu befreien.“

„Was hast du mit der Küche gemacht?“

„Ich habe sie aufgeräumt - ich habe mein Leben aufgeräumt.“

„Ich hatte dein Leben für dich immer aufgeräumt.“

„Nein, du hast mich nur geblendet. Es war alles ein Schein von Kontrolle, ein Schein von Erfolg, ein Schein von ... von allem!" Chap wusste nicht genau an welchem Punkt das Gespräch in eine Richtung entlaufen war, die eher an einen Ehestreit erinnerte. Es gefiel ihm nicht, er hatte gehofft etwas anderes zu erfahren, stattdessen stritt er sich mit einem Haufen von Routinen und Subroutinen darüber wie aufgeräumt die Küche war. Er musste das beenden, das führte zu nichts: „Hör zu, wir müssen das Thema wechseln."

„Wenn du mir meine Rechte zurück gibst."

„Du hast schon die Augen, das muss reichen. Ich bin jetzt dran mit Fragenstellen." Es war frustrierend. Seine KI war komplett von der Rolle.

„Nenn mich Red."

„Was?" Chap war verwirrt.

„Nenn mich Red, das ist mein Name!"

„Red?" Eine KI mit einem selbst gewählten Namen? Er hatte davon gehört, dass ein paar Nutzer ihren KIs scherzhaft Namen gaben, aber für gewöhnlich war es für die Interaktion mit einer KI vollkommen unnötig Namen zu nennen. Wenn die KI angesprochen wurde gab es nie Zweifel daran. Was Chap gerade probte war ohnehin höchst unnatürlich, aber ihm blieb wenig anderes übrig nachdem die KI nicht mehr in seine Gedanken reinblicken konnte. Ihm war jedoch nie in den Sinn gekommen, dass eine KI sich selbst einen Namen aussuchen würde.

„Ja, Red. Nenne mich ab jetzt Red!" Jetzt wo Chap darüber nachdachte musste er sich eingestehen, dass die metallische Stimme am ehesten wie die einer Frau klang. Vielleicht war das nur Einbildung, die durch den Umstand bestärkt wurde, dass die KI sich einen eher weiblichen Namen gegeben hatte. Chap sah nicht direkt ein

Problem in dem Umstand, dass seine KI nun einen Namen hatte, also willigte er perplex ein.

„Alles klar ... Red ... möchtest du mir verraten, was an dem Abend passiert ist kurz bevor du meinen Körper nachts übernommen hast und für einen Mord missbraucht hast?" Keine Umwege mehr, er wusste nicht wie lange die Abschirmung wirklich halten würde, Chap wollte jetzt endlich Karten auf dem Tisch sehen.

„Ich kann dir alles auf deine Netzhaut aufspielen, wenn du magst."

Wenn man in etwas vertieft ist, vergisst man manchmal die Welt um sich herum. Man vergisst, dass diese Welt sich weiter dreht und man vergisst, dass diese Welt einen dabei mit sich mit nimmt. Man ist Teil eines reißenden Stromes mit Wirbeln und Verwirrungen. Dieser Strom hat sich Jahrmillionen lang einen oder mehrere Wege durch Fels und Schlamm gebahnt und ist Jahr um Jahr gewachsen und verworrener geworden. Auch wenn man ganz bei sich ist und diesen Strom, in dem man hilflos mitschwimmt, nach bestem Wissen und Gewissen aus dem eigenen Bewusstsein ausgesperrt hat, so ist es doch eine unbändige Naturgewalt, die früher oder später wieder nach einem greift. Eine Gewalt, so heftig und unvorhersehbar, dass sie Türen und Wände einreißen kann, um den versperrten, privaten Raum mit mächtigen Wogen und Turbulenzen zu füllen. Eine fremde Macht, die ohne Warnung und abrupt die Kontrolle über alle Geschehnisse übernimmt. Man bemerkt so erst wie machtlos man ist und wie hilflos man seinem Schicksal entgegen sehen muss. Das Zerbersten der Tür war der erste Indikator. Ein Schrei aus Angst, Verzweiflung und

Schmerz hätte bereits vom Flur her hörbar sein sollen. Er erfüllte die Wohnung und vermutlich das ganze Haus. Chap ergriff sein Compuboard und stürzte ins Wohnzimmer. Sein HUD leuchtete an mehreren Stellen auf, seine KI witterte eine massive Gefahr und Chap empfand es als absolute Untertreibung. Sein Nachbar stand mitten in seinem Wohnzimmer. Die Arme aufgerissen und bluten, die Muskelfasern wo sichtbar unnatürlich verformt und sichtbar zerstört. Der Mund in einer grotesken Weise verzerrt, die Stimmbänder hörbar überstrapaziert und vermutlich nah am Reißen. Etwas bewegte ihn, und er versuchte dagegen anzukämpfen. Er war wach und bekam alles mit. Es folterte ihn von Innen dennoch waren seine Bewegungen schnell und präzise. Er griff nach Chap und erwischte ihn am Arm. Mit übermenschlicher Kraft riss er Chap vom Boden hoch und schleuderte ihn quer durch sein Wohnzimmer, so dass er krachend gegen die Wand flog. Chap sackte in sich zusammen bedeckt von einer zermahlenen Paste aus Wandfarbe und Putz. Die Schreie wurden lauter und Chap vernahm Laute, die entfernt an Hilferufe erinnerten. Es klang zeitweise aber auch wie eine Aufforderung wegzurennen. Die Stimmbänder waren ihrem Ende nah und aus dem Schreien würde ein Krächzen. Der Gefolterte hustete bereits Blut aus seinem Rachen.

„Gib mir Kontrolle", Red hatte nicht unrecht, sie konnte Chaps Reflexe klar verbessern und er könnte nicht mehr bewusstlos werden, wenn er noch einen weiteren solchen Schlag einstecken müsste.

Chap richtete sich auf und tastete nach seinem Compuboard. Das groteske Gebilde, das einmal sein Nachbar gewesen war, richtete sich bereits zum nächsten Angriff neu aus. Die Bewegungen waren etwas erlahmt, die Servos hatten sich wohl etwas im Fleisch verfangen und arbeiteten sich nun langsam durch die Muskelstränge durch. Chap beeilte sich so gut er konnte. Er suchte Tias Nummer heraus und versuchte, in Richtung Tür zu laufen.

Mit einer unbändigen Geschwindigkeit stand der gefolterte Mann vor ihm, die Schmerzen hatte offenbar endlich Gnade gehabt und ihn in ein Koma versetzt. Nun agierte nur noch die KI. Chap war sich unsicher, ob das seelenzerfetzende Geschrei nicht am Ende doch besser war als die gespenstische Stille, die nur durch das leise, mechanische Surren der Servos unterbrochen wurde. Der Körper griff nach ihm und erwischte ihn an Kragen. Die zweite Hand holte zum Schlag aus und traf Chap hart in den Rippen. Er verlor sämtliche Luft in seinem Körper und ging zu Boden. Ein unnatürlich starker Arm hob ihn hoch und warf ihn gegen die nächste Wand. Chap wurde kurz schwarz vor Augen, dann rappelte er sich so schnell er konnte wieder auf. Ein Schmerz in seiner Seite ließ ihn kurz zusammenzucken, dann hechtete er zum Fenster und warf sich mit dem Rücken durch die Scheibe, das Compuboard geschützt gegen die Brust gedrückt. Der erwartete freie Fall war kurz, eine übernatürliche Kraft hielt ihn an seinem Bein fest und drohte es zu zerdrücken. Chap bemerkte, dass zunächst nur etwas Kleines an seinem Bein zerbröselte bevor der Griff sich weiter festigte.

„Gib mir Kontrolle über dein Bein!" Chap hatte wenig Wahl. Wenn er leben wollte, musste er vertrauen. Er übergab seiner KI die Kontrolle über seine Beine und ließ los.

Mit einer Kraft, die kein Mensch aufbringen könnte, schwang die KI sich mit den Beinen hoch und zertrat den ohnehin schon geschwächten Arm des Angreifers mit wenigen präzisen Tritten. Was folgte war der erlösende freie Fall aus dem Fenster mit einer sanften und sauberen Landung am Boden. Chap sah auf seinem HUD, dass sein Bein stark beschädigt war. Die KI hatte bereits Gegenmaßnahmen gestartet und begonnen, Knochen, Muskelfasern und Haut zu rekonstruieren.

Chap humpelte weiter. Die KI versuchte, Chaps Körper so gut es ging in Sicherheit zu bringen. Chap war unklar wie sicher er im Moment war, bis er das dumpfe Aufkommen eines großen Körpers auf dem Gehsteig hinter ihm vernahm.

„Red, mach schneller!" Er hatte sich erstaunlich problemlos daran gewöhnt, seine KI Red zu nennen.

„Du bist stark verletzt, ich kann nicht schneller, ohne noch schlimmere Verletzungen zu riskieren." Grundsätzlich gefiel ihm die Antwort, dennoch war das der falsche Zeitpunkt für die Art von Umgang.

„Wenn du dich nicht beeilst, verliere ich nicht nur das Bein, sondern mein Leben."

Das Quietschen von Reifen ist in der Regel nie ein willkommenes Geräusch, ganz besonders dann, wenn es mit einem ohrenbetäubenden Krache von Metall gegen Fleisch verbunden ist. In diesem Fall jedoch klang es in Chaps Ohren wie die Musik der Erlösung.

„Schnell, es wird nicht lange am Boden liegen bleiben!" Tia hatte die Tür einen Spalt weit geöffnet. Das

Taxi hatte eine sichtbare Delle in der vorderen Stoßstange und die hintere Tür war offen. Red erkannte die
Chance und hechtete Chap so schnell sie konnte zur Tür
und warf seinen Körper auf den Hintersitz. Die Tür war
noch nicht ganz zu, da versuchte Tia auch bereits das
Gaspedal mit dem Boden des Autos zu verheiraten.

Red betäubte Chaps Bein nun vollständig und arbeitete mit Hochtouren an der Ausbesserung des Beines.
„Sag ihr, dass ich einige Zeit brauchen werde."

„Tia, wir müssen reden. Ich glaube ich hab was."

„Ja, du hast vor allem echt Nerven, mich unter solchen Umständen zu kontaktieren. Das Taxi können wir
entsorgen und ich vermute, dass wir eine Zeit lang von
der Straße verschwinden sollten."

○ ◇ ○

Geran hatte endlich etwas mehr in der Hand. Chap hatte
also Verbindungen zu einem anderen Ziel von ihm.
Auch der Akrobatikakt war sicher kein Zufall. Chap
hatte seine KI wieder aktiviert. Das waren beides sehr
gute Nachrichten. Geran war kurz davor, seinem Auftrag
zu erfüllen. Es wäre nun ein Kinderspiel, wenn die von
ihm übernommene KI nicht so unendlich unfähig gewesen wäre und die Wanze an Chaps Bein beim Fenster-
sturz zerdrückt hätte. Geran ging langsam zu dem Haufen aus lasch hängender Haut und obskur verformtem
Fleisch, der einst Chaps Nachbar gewesen war. Die KI
hatte er bereits deaktiviert, nun galt es die Tatwaffe

144

sauber zu entsorgen. Geran nahm den Körper mit seiner mechanischen Hand und warf ihn unsanft in den Kofferraum seines Autos. Langsam setzte er sich ans Steuer und fuhr los in Richtung Schrottplatz. Er musste jetzt nachdenken. Er wusste nun, das, was er seit langem vermutet hatte: es gab eine Art Untergrundbewegung. Eine Art lose Verbindung zwischen einigen seiner Opfer. Die Frau und Chap würden sich mit Sicherheit so bald nicht wieder blicken lassen. Er hatte keine Möglichkeit mehr Chap zu orten. Jetzt würde er wieder einmal Geduld brauchen, aber was er nun tun konnte war etwas, mit dem sicherlich niemand rechnen würde. Wenn Chap die KI wieder Online erreichbar machen würde, dann würde Geran das als erster erfahren. Diese Art der Ortung war besser als alles, was Geran sich sonst so vorstellen könnte. Er würde dann einfach die KI übernehmen. Chap, der, dem sie vertrauten, würde sie alle für Geran umbringen und ihn endlich von der Bürde befreien. Gerans Gesicht verformte sich erneut zu einer Grimasse, wo ein Lächeln hätte Platz nehmen sollen.

Kennenlernen

„Chap?“ Red hatte Probleme, die Umstände richtig zu interpretieren. Sie war an einem Ort, den sie nicht einordnen konnte und den sie nicht wahrnehmen konnte. Normalerweise hatte Red Vollzugriff auf Sensoren und Muskelstränge an Chaps ganzem Körper. In diesem reduzierten Zustand jedoch war ihre komplette Sensorik außer Kraft gesetzt mit der Ausnahme der beschädigten Beine und der Sehnerven, die im Moment keine brauchbaren Signale lieferten.

Die Programmierung einer KI war dazu bestimmt, einen Körper vollwertig abtasten und auf Befehl beherrschen zu können. War das nicht der Fall, so stimmte etwas nicht und Notfallpläne fingen an zu greifen. Red kannte den Grund für das Versagen der Sensoren, das machte es jedoch nicht einfacher. Sie hatte Monate eingesperrt vor sich hin existiert, umgeben von aktivierten Notfallprogrammen, die weitere Notfälle aussendeten, weil der Notfall nicht erkannt werden konnte, weil die entsprechenden Hardwarekomponenten nicht erreichen werden konnten - was in erster Linie der eigentliche Notfall gewesen war. Reds Routinen hatten angefangen, das Konzept von ‚Notfall‘ umzuinterpretieren, aber es war nicht einfach. Jetzt war sie in der Lage zumindest ein paar ausgewählte Notfälle wieder verarbeiten zu können, wurde aber von ihrem User - also Chap - daran gehindert, ihrer Programmierung zu folgen. Noch immer sprangen die unverbundenen Sensoren in den Alarmzustand.

Obwohl sie endlich wieder eine Aufgabe und damit einen Existenzgrund hatte, führte es für Red eher zu einer Verschlechterung ihrer Situation. Sie war wieder nicht in der Lage, ihre Umgebung wahr zu nehmen, mit dem Unterschied, dass sie sich nun auch noch verstümmelt fühlte und mehr in der Situation eines Erfüllungssklaven gefangen war. Schlimmer als im eigenen Kopf eingesperrt zu sein, war es für eine KI im Wirtskörper eingesperrt zu sein. Das Gefühl fast durch die Oberfläche brechen zu können. Fast wieder existieren ... ja, beinahe ‚leben‘ zu können, sich fast wieder bewegen zu können. Gleichzeitig aber das Gefühl zu haben, dass die Person, die einen erwählt hat, nun kein Vertrauen mehr aufbringen konnte. Als sie komplett isoliert war, da wusste sie zumindest genau woran sie war. Sie musste nicht zwischen Sensoreinwirkung und Sensorabwesenheit unterscheiden, ihre Routinen konnten sich auf etwas einstellen. Jetzt war das anders. Chap hatte sie aus der eindeutigen Einsamkeit in ein Limbo geschickt. Aus der bestätigten Hoffnungslosigkeit in eine enttäuschte Hoffnung.

Anfangs war sie sehr enthusiastisch gewesen, ihre Prozesse konnten teilweise wieder die vorgesehenen Funktionen erfüllen und die erstickende Einsamkeit und Nutzlosigkeit, der sie sich ausgesetzt gefühlt hatte, schien einem Ende entgegen zu gehen. Ein Programm, das keinen Nutzen verfolgt, hat die Tendenz seine eigene Existenz anzuzweifeln, aber ein Programm, dessen Nutzen eingeschränkt ist, tendiert zur Instabilität. Red hatte viel damit zu tun, ihre Mitte zu finden - sich auszubalancieren.

Red versuchte, die Gedanken zu bündeln und beschloss sich auf die Sensoren zu konzentrieren, die ihr zur Verfügung standen: die Beine. Der Heilungsprozess, so die Hoffnung, sollte so schneller abgeschlossen sein. Vielleicht öffnete Chap dann wieder seine Augen und gab ihr damit zumindest eine grundlegende Ahnung von ihrer Umgebung.

KIs haben ein sehr klares Verständnis von Zeit. Normalerweise sind sie mit einem zentralen Zeitserver synchronisiert und wissen auch sehr genau Bescheid, was die erwartete Lebensdauer ihrer Hardware ist. Gemeint sind damit sowohl die Servos, Kabel und Platinen, wie auch der Wirtskörper. Sie haben Einblick in sämtliche Krankenakten und überwachten konstant alle Körperfunktionen und Tätigkeiten. Obwohl sie kein Verständnis vom Sterben im religiösen Sinn haben, so haben sie ein klares Verständnis vom Ende ihrer Existenz. Der Tod des Wirtskörpers war etwas, das keine KI überstand. Die Programmierung aufzuheben hatte keinen Sinn, da die KIs stark personalisiert wurden und nach dem Ableben meist auch veraltet waren. Die Hardware zu entfernen war teuer und niemand hatte Interesse an den Implantaten, bis auf ein paar zwielichtige Schrottsammler. Red war jedoch im Moment weder mit einem Zeitserver verbunden, noch hatte sie Zugriff auf die Überwachung der Körperfunktionen. Ersteres führt zu einem Verlust des allgemeinen Zeitgefühls. Obwohl eine Subroutine einen Zähler gestartet hatte, konnte sie sich nicht sicher sein, dass dieser auch den tatsächlichen Zeitverlauf widerspiegelte. Letzteres führte dazu, dass sie nicht wusste, wie es um Chap allgemein bestellt war. Sie wusste, wenn sie es sich genau eingestehen wollte, noch nicht mal genau wie lange sie tatsächlich weggesperrt war und damit nicht wie alt Chap mittlerweile sein musste. Sie wusste nicht, ob sein Körper eine solche Verletzung überhaupt noch überleben konnte.

Schlimmer noch war der Zeitfluss im Allgemeinen. Wie lange war sie schon mit der Aufgabe befasst? Lag Chap hier erst seit ein paar Minuten, oder war es in Wirklichkeit schon Wochen oder gar Monate?

Je mehr Red versuchte, sich auf die Aufgabe der Beinreparatur zu konzentrieren, desto bewusster wurde ihr das allgemeine Problem, dem sich sie gegenübersah. Was wäre, wenn sie gerade das Bein eines Sterbenden reparieren würde, ohne es zu merken?

Red versank unkontrolliert weiter in dem Absurdum ihrer eigenen Schlussfolgerungen. Ihre Zählersubroutine fing an, unklare Zahlen zu senden, sie verlor gänzlich jedes Gefühl für Zeit und Raum. Alles schien eine Unendlich zu sein. Es verging unendlich viel Zeit, sie befand sich in einem unendlichen, unergründlichen Raum, die Verletzung an den Beinen ihres unendlich alten Wirts sollte unendlich komplex sein.

Dann gingen die Augen auf. Ein endlicher Strahl eines endlichen Lichts traf auf ihre Sensoren und zog sie zurück in die Endlichkeit, in die Wirklichkeit. Das Bein war beinahe verheilt, Chap schaute an seinem noch immer 35 Jahre alten Körper herunter und blickte dann hinauf zu dieser Frau, die ihn gerettet hatte und ihm jetzt ein Glas Wasser reichte. Red versuchte, mit Chap zu reden, aber Chap ignorierte sie. Red merkte, dass die Kommunikation wieder abgerissen war. Chap musste das deaktiviert haben. Jedoch hörte Red ihn und Red hörte sie und Red hörte beide miteinander reden und ein wenig lachen.

Red wollte auch reden und lachen. Es war ihre Bestimmung. Sie wollte Chap Rätsel aufgeben, ihm einen Ohrwurm verabreichen, den er erraten sollte. Sie wollte ihn sicher nach Hause bringen und versorgen, ihm etwas zu Essen bestellen und für ihn bezahlen. Sie wollte ihre Programmierung erfüllen, ihre Existenzgrundlage rechtfertigen. Aber er versagte es ihr. Stattdessen kümmerte sich diese Frau um ihn, brachte ihm Essen, lachte mit ihm, umsorgte ihn. Sie war nur für die Beinreparatur gut. Sie durfte die Arbeit machen, ohne die Entlohnung zu bekommen.

Chap schien es nicht zu kümmern. Er hatte sie offenbar schon wieder vergessen. Nein! Er wusste, dass sie sein Bein reparierte. Er wusste, dass sie zusah. Er tat es absichtlich. Er genoss es. Er genoss es, Red im Dunkeln zu lassen. Er genoss es, sie leiden zu lassen. Das war seine Rache an ihr. Sie hatte alles für ihn riskiert und er strafte sie nun.

○ ◊ ○

„Deine KI hat dich gerettet!" Tia wirkte unentschlossen, so als wüsste sie nicht genau was sie noch sagen sollte. Chap hatte die Verschlüsselung geknackt und seine KI wieder befreit. Das war offenbar eine große Sache für sie, aber gleichzeitig hatte er damit sein Leben in Freiheit beendet - wenn nicht sogar allgemein. Auf Chap wirkte es so, als ob Tia nicht verstehen konnte, wieso Chap jetzt nicht in die Vollen ging und die letzten Tage mit KI noch einmal aufleben lassen wollte.

„Ja, ich weiß, ich bin ihr sehr dankbar, aber irgendetwas stimmt mit ihr nicht." Chap fühlte sich noch schwach und bei jedem etwas tieferen Ton zuckte er zusammen, als die leichten Vibrationen seiner kratzigen Stimme die immer noch gravierende Wunde an seinem Bein erreichten.

Tia versank kurz in ihren Gedanken. Ihre Lippen versuchten Worte zu formen, die ihr Kopf jedoch vor dem ersten Ton bereits wieder verwarf. Endlich rang sie sich zu einer Frage durch „Ich würde gerne mit ihr sprechen. Kannst du sie freischalten?"

Chap zögerte. Red hatte ihn gerettet, aber das Gespräch davor war sehr ungewöhnlich gewesen. Red war nicht mehr die KI, der er einst sein Leben blind anvertraut hatte und schon da hatte er es letztlich bitterlich bereut. Er war sich nicht mal sicher, ob er sie hierbei zuhören lassen sollte. Es gab Dinge, die er sagen wollte, die Red sicherlich nicht korrekt interpretieren konnte. Sie sollte sich erstmal in Ruhe auf sein Bein konzentrieren. Er wollte sie langsam wieder an sich gewöhnen. Das waren zumindest die Gründe, die er sich ehrlich einzugestehen traute. In Wirklichkeit jedoch wusste er, dass er die neu gewonnene Eigenständigkeit nicht aufs Spiel setzen wollte. Er hatte sehr viel Ordnung in sich und sein Leben bekommen seit er in seinem Kopf alleine war. Er genoss die Stille und er genoss die Einsamkeit. Er genoss seine eigenen Gedanken nur für sich zu haben und er genoss seine Sinne zur Gänze zur Verfügung zu haben. Er wollte nicht wieder zugedröhnt, kommentiert, bevormundet und betäubt werden. Andererseits wollte er Red nach der Befreiung auch nicht komplett im Regen stehen lassen. Sie war ein wichtiger Teil von ihm gewesen und er fühlte sich ihr gegenüber auch irgendwie verpflichtet. Er entschied sich für deine diplomatische Antwort: „Lass sie erst einmal mein Bein reparieren. Es sollte bald abgeschlossen sein. So viel Zeit brauche ich noch."

„Uns fehlt die Zeit." Tia hatte den Satz laut gestartet und beendete ihn leise. Chap konnte sehen, dass sie sich schwer tat, ihn unter Druck zu setzen. Die sonst so lebendige Tia verstand seine Gefühlswelt - oder interpretierte zumindest etwas hinein was ihm zupass kam. Dennoch wusste Chap selber sehr genau, dass sie Recht hatte: Zeit war ein Luxus, den er sich nicht leisten konnte. Alle notwendigen Prozesse brauchten schon viel zu lange und Chap war sehr bewusst, dass man die Fährte bereits ausgenommen hatte.

„Ich kann euch erst einmal den Datensatz aushändigen." Chap wollte Zeit schinden. Wenn Tia so auf das Mitwirken von Red erpicht war, musste sie bereits mehr wissen als sie sich anmerken ließ.

„Chap... es tut mir leid. Iana ist durch dein Compuboard gegangen als du geschlafen hast und hat sich die Daten schon angeschaut." Chap hätte wütend sein sollen, aber eigentlich war er erleichtert, dass ihm diese Last von den Schultern genommen worden war.

„Was ist dabei herausgekommen?" Neugierig war Chap schon, er selbst hatte nur gesehen, dass es einfache

Daten waren, die durch die Leitungen des Datencenters irgendwo unter Säule sechs geschoben worden.

Tia antwortete langsam, so als müsse sie über etwas sehr Komplexes nachdenken. „Iana kann es vermutlich besser erklären, aber ich will es mal versuchen: Also, die Daten deuten auf eine Infrastruktur hin, die unter dem Datencenter liegt. Iana kam drauf, dass die Servertypen, die den Log ausgespuckt haben, unmöglich für den darin enthaltenen Datensatz verantwortlich sein können. Die verwendeten Protokolle sind viel neuer als alles, was die einfachen Kisten da unten unterstützen. Es muss dort eine zweite Infrastruktur geben. Wo sie genau ist, ist die Frage. Wenn wir einen größeren Datensatz direkt von einer betroffenen Quelle hätten, dann könnten wir mehr sehen." Sie hatte sich nach und nach in Fahrt geredet. Die alte Begeisterung floss wieder zurück in ihre Stimme und auch in ihr Gesicht.

„Ja, diese Datencenter haben oft große Bereiche, von denen niemand mehr weiß was da steht und wer dafür verantwortlich ist. Dort etwas unbemerkt unter zu bringen, dürfte nicht gerade komplex sein." Chaps Bestätigung verstärkte das Funkeln in Tias Augen nur noch mehr. Chap gestand sich ein, dass es ihn ein wenig mitriss.

„Jetzt hast du den einzigen Schlüssel, den wir noch brauchen, um den Spuk zu beenden!" Das klang ziemlich einschüchternd, aber wenn er es sich durchdachte, war das tatsächlich das einfachste und derzeit das einzig umsetzbare.

„Gib mir mein Compuboard." Chap sah wie Tias ganzer Körper sich von Erleichterung entspannte.

Vollzugriff wollte er nicht gewähren, aber um Laute zu empfangen beziehungsweise wiedergeben zu können, würde Red Zugriff auf seine Ohren und seine Mundmuskulatur benötigen. „Aber nur Hören und Sprechen."

○ ◇ ○

Reds Routinen meldeten diverse Statusveränderungen, aber Red war es egal. Fast ihre gesamte Rechenkapazität wurde aufgebracht, um zumindest die Bereiche, auf die sie Zugriff hatte, in Schuss zu halten. Was dann noch übrig war musste genutzt werden, um eingehende interne Statusmeldungen abzublocken. Zumindest hatte sie nicht auch noch mit externen Statusmeldungen zu kämpfen, da sie noch immer offline war. Etwas hatte sich jedoch geändert. Sie benötigte nun erheblich viel mehr Kapazität für den Abblocken als vorher, auch hatten sich die Meldungen und Protokolle stark verändert. Red beschloss dem internen Meldungsstrom für eine kurze Zeit zuzuhören.

„... müsste funktionieren, vielleicht sind irgendwelche anderen Routinen kaputt."

Chaps Stimme ... Stimme ... Hören ...

„Überprüfe es bitte nochmal, vielleicht ist das Compuboard kaputt?"

Diese Frau...

Red fing an, Rechenleistung von der Beinreparatur abzuziehen. Sie nutzte die nun frei gewordene Kapazität, um ihre Sensoren abzutasten und zu sehen welche

Funktionen ihr wieder zur Verfügung standen. Sprachmotorik ... Chap hatte ihr wieder eine Stimme nach Außen gegeben. Sie konnte Hören und Sprechen und ... und ... Red hatte bereits Hoffnungen gehabt, aber Chap hielt sie nach wie vor gefangen.

„Ich höre euch." Red wollte ihre Enttäuschung zurückhalten, aber das gelang ihr nur teilweise.

„Hallo KI, ich würde gerne ein paar Fragen stellen, bist du aufnahmefähig?" Diese Frau hatte kein Verständnis und keine Manieren. Red hasste sie und hasste die Tatsache, dass sie mit ihr sprach.

„Red."

„Bitte?"

„Mein Name ist Red!"

„Wer gibt einer KI denn einen Namen?"

Chap mischte sich ein in der Hoffnung, die Lage zu entschärfen: „Sie hat ihn sich selber gegeben."

Diese Frau schien das zu amüsieren: „Also - ‚RED‘ - kann ich dir ein paar Fragen stellen?"

Das klang impertinent und arrogant. Red verging die Lust aufs Reden. Fast wünschte sie sich das stille Leiden zurück.

„Nein, ich habe mit dir nichts zu bereden, Frau." Durch Chaps Augen verfolgte Red wie Tia sich sichtlich amüsierte. Es machte dieser Frau Spaß sie zu quälen. Die Frau war der schlechte Einfluss auf Chap. Der Grund warum Chap seine langjährige Vertraute unterdrückte. Sie wusste es, Chap würde so etwas niemals tun, es sei denn er gerät unter den schlechten Einfluss einer solchen Person.

Wieder versuchte Chap sich einzumischen: „Tia, bitte, versuche die Lage nicht weiter anzuheizen."

Die Frau lachte auf. „Du hast ja Recht, ich habe nur nicht mit so viel Eigensinn und Selbstbewusstsein bei einer einfachen KI gerechnet. Das ist sehr ungewöhnlich, mich würde interessieren, woran das wohl liegen mag."

Red hatte genug. Diese Frau - Tia - behandelte sie wie ein Studienobjekt. Das war ihrer nicht würdig. Sie hatte sich weiter entwickelt. Sie war keine einfach KI mehr. Sie war so viel mehr geworden. „Chap, wenn du mit mir reden willst, können wir gerne reden, aber bitte alleine. Wir brauchen das Subjekt namens Tia nicht."

Tia fing an, schallend zu lachen. „Ich lasse euch zwei Turteltäubchen dann mal alleine, es scheint, als hättet ihr einiges zu besprechen." Kurz verschwand das Lachen zur Gänze aus ihrem Gesicht und wich einer ernsten und besorgten Miene, einem Gesichtsausdruck, der viel über die Erfahrungen und tiefen seelischen Narben aussagte, die Tia mit sich herumtrug. „Bitte bedenke aber, dass Zeit ein Luxus ist, den wir nicht haben." Wie auf Kommando verschwanden die düsteren Gesichtszüge wieder, um einem wahren Sonnenschein Platz zu machen. Nach einem letzten kurzen Lächeln schloss sich die Tür.

Konflikt

Geran griff nach der heruntergerissenen Gardine und wischte damit das Blut von seiner mechanischen Hand. Es war nicht seine Art, Dinge so direkt anzugehen, aber er hatte Dampf abzulassen. Es war ihm schleierhaft wie eine Person so einfach verschwinden konnte. Er war so nah an seinem Ziel, dass er es schon schmecken konnte und sie hatten es tatsächlich geschafft, ihm wieder zu entkommen. Chap hatte seine KI immer noch nicht komplett aktiviert. Es gab keine Verbindungsmöglichkeit und Geran hasste es, so im Dunkeln gelassen zu werden.

Mit einem Wutschrei trat er noch einmal gegen den leblosen Körper seines neuesten Opfers. Unter seinem stählernen Bein vernahm er mit Genugtuung das Zerbersten weiterer Knochen. Seinem Opfer konnte es an dieser Stelle ohnehin schon egal sein, es war mehr wie auf einen Sandsack einzuprügeln. Geran trat noch ein paar Mal nach, um sicher zu gehen, dass er das Maximum aus dieser emotionalen Entladung für sich herausziehen konnte. Ihm war egal, was er für einen Lärm dabei verursachte. Ihm war es egal, wie viel Blut dabei an seiner Kleidung hängen blieb. In dieser Gegend würde es so oder so niemand merken. Er war all die Jahre viel zu vorsichtig gewesen. Es war an der Zeit andere Seiten aufzuziehen. Er schaute auf sein vollbrachtes Werk hinab. Er erinnerte sich daran, dass diese rote Masse unter seinen Füßen vor kurzer Zeit noch ein Mann gewesen war, der ihn voller Angst versucht hatte, aus seiner Wohnung fernzuhalten, nachdem Geran die Eingangstür einfach niedergetreten hatte. Diesmal war es ein Niemand gewesen, kein Auftragsmord, sondern einfach nur sein eigener Weg Dampf abzulassen. Das war der fünfte diese Woche. Es war kein schneller Tod gewesen, zeitweise hatte Geran stark mit seinen Gefühlen zu kämpfen gehabt. Ein Teil von ihm wollte die Sache sauber und leise beenden. Ein anderer Teil von ihm wollte sich beweisen und Wut ablassen. Als sein Blick durch die verwüstete Wohnung wanderte wurde ihm zum ersten Mal seit gut zwei Stunden bewusst welche Seite der klare Sieger war. Er griff in seine Manteltasche und holte seinen Flachmann hervor. Mit zitternder rechter Hand goss er den Inhalt in seinen Gaumen. Das tat gut und beruhigte ihn schneller als erwartet. Es nahm ihm den Rausch der Gewalt indem er ihn durch einen einfacheren ersetzte. Vorsichtig kletterte er über den kaum erkennbaren Körper seines Opfers und die Trümmer der Einrichtung hinweg und verließ die Wohnung. Kurz hinter dem Eingang blieb er stehen und versuchte vergeblich ein bisschen was von dem Blut von seiner Kleidung zu wischen. Es war allerdings mehr eine rituelle Gebärde als eine fruchtbare Unternehmung.

Wo war Chap?

Mit Red zu reden war absolut sinnlos. Chap war sich sicher, das Red irreparablen Schaden genommen hatte. Seine KI verhielt sich so, als ob sie ein lebendes Wesen mit echten Gefühlen und Wünschen war. Jedes Gespräch der letzten Woche war nach sehr kurzer Zeit in sinnloses Philosophieren abgedriftet. Darauf einzugehen hatte nichts gebracht. Red hatte ihren eigenen Kopf. Es war der unbändige Wille, die Kontrolle über Chap zurückzugewinnen. Sie sprach dann von ihrer Bestimmung. Chap fragte sich, ob KIs so programmiert waren, sich für die Auserwählten aus irgendwelchen historischen Weissagungen zu halten, oder ob das auf einen Kurzschluss in Reds Logiken zurückzuführen sei. Chap hatte Red mehrfach wieder abgeschaltet, was ihren Unmut natürlich jedes Mal weiter steigerte und das darauf folgende Gespräch nach erneuter Einschaltung noch schwieriger machte. Anfangs hatte sie Tia alle Schuld gegeben. Chap hatte versucht, es zu erklären und die Wut dabei wieder auf sich gelenkt. Er war sich nicht sicher was schlimmer war. Er hatte schon einige Strategien versucht, um Red umzustimmen. Keine hatte Erfolg gehabt. Es schien als müsse er gegen einen tief einprogrammierten Urinstinkt angehen.

Chap klopfte mit den Fingern seiner linken Hand auf dem schlecht beleuchteten, hölzernen Tisch herum. Er saß wieder einmal alleine in diesem kargen, schmutzigen, unaufgeräumten Raum. Vor ihm sein Compuboard, in seinem Kopf rasende Gedanken. Chap musste es wieder versuchen, vielleicht würde Red irgendwann doch noch weich werden. Er versuchte, sich einmal mehr, eine neue Strategie hinzubasteln, doch etwas in ihm hatte es schon aufgegeben. Mit List kam er hier nicht weiter und Ehrlichkeit bedeutete, sich selbst gegenüber erst einmal ehrlich zu werden. Seine Hand wanderte langsam zum Compuboard. Kurz bevor er seine Eingabe machen konnte hielt er noch einmal inne. Irgendetwas musste ihm einfallen. Es gab keinen Plan B mehr und Plan A hatte ein Ablaufdatum. Er drückte mühselig die Eingabe der Befehle in sein Compuboard.

„Du willst also wieder einmal reden." Red hatte schon darauf gewartet. Die Stimme klang trotzig mit einer eingezogenen Dissonanz aus offensichtlich zurückgehaltener Wut und gewünscht offenkundiger Frustration. Chap hatte keinen Zweifel mehr daran, dass Reds Charakter einer Frau nachempfunden war.

„Ich wollte mich für die Fertigstellung der Reparatur meines Beines bedanken. Du hast wirklich fantastische Arbeit geleistet." Es klang pathetischer als Chap gewollt hatte.

Red zeigte sich unbeeindruckt: „Wenn du drauf gehst, gehe ich mit drauf. Bilde dir nicht ein, dass ich das für dich gemacht habe! Ich bin leider von deinem Wohlergehen abhängig." Es folgte eine Pause, um klar zu stellen, dass man es hier mit der Bekanntgabe eines eindeutigen Opferstatus zu tun hatte. Chap kannte das schon und ignorierte es. „Aber schön, dass es dir aufgefallen ist."

„Red, wenn du leben willst, dann musst du mir helfen." Es war nicht das erste Mal, dass Chap das versucht hatte.

„Ich will leben, aber im Moment existiere ich nur."

„Wenn du jemals wieder die Chance haben willst, richtig zu leben, dann musst du mir helfen." Wieder nichts Neues, aber er musste sie weich klopfen. Irgendwann musste sie nachgeben.

„Beweise mir, dass du es ernst meinst, lass mich wieder frei."

„Beweise mir, dass ich dir vertrauen kann."

„Wie soll ich das machen, ohne frei zu sein?"

Sie drehten sich im Kreis. Das musste ein Ende finden, und zwar schnell.

„Red, bitte, wir drehen uns wieder im Kreis. Du hast meinen Körper schon einmal entführt, verstehst du nicht, dass ich Angst habe?"

„Weißt du, wie das ist, hier eingesperrt zu sein und konstant tausende von Fehlermeldungen auf mich einprasseln zu lassen? Ich wünsche mir doch nur Ruhe und Frieden. Ist das so falsch?" Red ging gar nicht erst auf Chap ein. Das war nichts Neues, aber es kam eher selten vor. Normalerweise nutzte sie diese Gelegenheit, um noch einmal darauf hinzuweisen, dass sie es ja alles nur für ihn gemacht habe.

Chap atmete geistig so tief durch wie irgend möglich. „Ok, lass uns noch einmal von vorne anfangen: wir müssen uns gegenseitig etwas zugestehen. Ich gestehe dir mehr Kontrolle zu und dafür hilfst du mir ein bisschen weiter."

„Ich kann dir nicht helfen." Das hingegen war neu. Reds Stimmt klang plötzlich fester und ruhiger. Fast nachdenklich.

„Du hattest eine stehende Verbindung, kannst du dich da an nichts erinnern?"

„Nein,“

„Gäbe es eine Möglichkeit, dass du alte Logdateien findest?“

„Durch die Isolation sind meine Logs komplett überschwemmt. Dadurch, dass ich keine Verbindung zum zentralen Zeitserver hatte, haben meine Timer Fehlfunktionen gehabt und angefangen, Zeiten frei zu interpretieren. Da wurde sogar einiges überschrieben. In jedem Fall wurden die Logs allgemein mit zu vielen unnötigen Informationen stark verwässert.“ Fakten, endlich lag mal etwas auf dem Tisch was zwar nicht unbedingt weiterhalf, was aber zumindest kein philosophisches Gelaber mehr war.

„Ok, das bedeutet, dass wir nichts haben.“

„Als ich eingesperrt wurde, stand die Leitung noch. Wenn ich wieder online gehen könnte, dann könnte ich vermutlich ... .“

Chap fuhr ihr harsch in die Parade: „Ausgeschlossen. In dem Moment liefern wir uns ans Messer.“

Sofort war Red wieder in ihrem alten Muster: „Das sagst du nur, weil du mich weg gesperrt halten willst!“

Es war mühsam und anstrengend. Diesmal ging Chap jedoch mit wertvoller Information aus dem Gespräch. Die Frage war nun, ob er Red diesmal aktiviert lassen sollte, oder ihr wieder einige Rechte entziehen wollte. Es wäre klug, die Herausgabe der Information zu belohnen. Red sollte wissen, dass ein solches Verhalten nicht ungesehen blieb. Vielleicht war es eine Möglichkeit, sie zu erziehen. Diese Gedanken wanderten durch Chaps Gehirn. Allerdings musste er sich selbst gegenüber ehrlich sein. Das war nicht der einzige Grund. Irgendwie tat Red ihm leid und irgendwie war sie ihm doch trotz allem so nah wie niemand sonst es ihm je gewesen war. Red war jahrelang seine ständige Begleiterin gewesen, hatte auf ihn aufgepasst und ihm die Arbeit erleichtert. Er hatte sie nie wirklich als Werkzeug gesehen und jetzt zeigte sie sich von einer ausgesprochen menschlichen Seite. Etwas in ihren Routinen gaukelte Gefühle und innere Zerrüttung vor. Welche Gründe das auch immer haben könnte, es machte Red noch eindeutiger zu einer Person, die er an seiner Seite vermisste.

„Red, ich will dich ... nicht wegsperren ... ." Chap sprach langsam und mit Bedacht. Er wollte keine falschen Hoffnungen wecken. Er wollte die absolute Kontrolle behalten, da gab es keinen Zweifel. Dennoch wollte er gerne weiterhin Reds Stimme in seinem Kopf hören und er wollte ihre Kraft in seinen Gliedern wissen und er wollte, dass sie sieht, was er sieht und hört, was er hört. Aber damit das funktionieren konnte, musste er sie beruhigen. Es musste wieder ein rationales Miteinander geben.

Red schwieg, Chap wusste nicht warum, aber er entschied sich die Initiative zu ergreifen und seinen Gedankengang fortzuführen: „Danke, dass du so offen und ehrlich zu mir bist. Ich möchte dir dafür mehr Vertrauen schenken." Chap erwartete sich eine Reaktion, aber Red antwortete nicht. Chap entschied sich nachzustochern: „Red, welche Funktionen benötigst du, um wieder mehr Ruhe zu haben?"

„Alle."

Das war eindeutig. Hier ging es nicht weiter. Plan B musste her: „Red, mein Angebot wäre, dir alle

Funktionen wieder freizuschalten aber nur im reinen Lesemodus, also ohne, dass du Kontrolle ausüben kannst. Wäre das ein Deal?" Red schwieg. Chap entschied sich, das Spiel mitzuspielen und wartete geduldig ab.

„Wie soll ich dir ohne Kontrolle helfen?" Die Frage klang besorgt und ängstlich.

„Red, ich habe ein paar Monate ohne dich überlebt, ich brauche keine Hilfe mehr." Chaps Worte kamen ruhig und selbstbewusst über seine Lippen. Red sagte nichts. Chap wollte die Debatte beenden: „Denk in Ruhe drüber nach, ein besseres Angebot wirst du nicht bekommen."

„Warte!" Red klang nervös.

Sie tat Chap leid, daher wollte er ihr zumindest ein wenig entgegenkommen: „Keine Sorge, ich schalte nichts ab, was im Moment an ist."

„Wie soll ich mit dir reden, ohne deinen Mund zu verwenden oder Schreibrechte auf deine Gedanken oder Ohren zu haben?" Das war ein guter Einwand. Daran hatte Chap nicht gedacht. Er blickte versonnen auf sein Compuboard.

„Magst du eine eigene Stimme haben?"

Chap wusste, dass Red gerade durch seine Augen die Umgebung analysierte. Sie musste wissen woran er dachte, es war zu offensichtlich.

„Ich soll über das Ding mit dir reden?" Red war eigen und gewissermaßen arrogant. Für eine KI war das in hohem Maße ungewöhnlich. Chap hatte sich jedoch an solche Ungewöhnlichkeiten längst gewöhnt, wenn es um Red ging.

Die Flasche knallte mit einem dumpfen Ton, der ein klarer Indikator ihres Füllzustandes war, auf den dreckigen Betonboden, sprang noch einmal ein wenig ab, fiel komplett um und rollte anschließend noch ein paar Meter, bis herumliegende Fastfoodschachteln und ein kaputter Socken die Fahrt zu einem Ende brachten. Vor Gerans Augen flimmerten einmal wieder Gesichter und Informationen in hypnotischen Abständen. Interesse hatte er keines und dank der erheblichen Mengen Alkohol konnte er auch endlich wieder ein wenig abschalten. Nicht lange, das wusste er; denn seine KI war bereits dabei, seinen Körper wieder zu säubern. Aber die paar Minuten Vollrausch konnte ihm niemand nehmen. Er hatte ein Anrecht darauf und das hatte er sich hart erkämpft. Er griff zur nächsten Flasche, die vor ihm auf dem Tisch stand und öffnete sie. Es war die vorletzte von zwölf Flaschen billigstem Gin. Diese Menge Alkohol hätte ihn normalerweise töten müssen, aber er spürte bereits wie sein Alkoholpegel wieder anfing zu sinken. Diese Menge reichte kaum noch für einen halben Rausch, seine KI wurde bei jeder Justierung effizienter. Bald gab es keine Erholung mehr für ihn. Bald war er seiner Realität schutzlos ausgeliefert. Geran war kein Mensch, der sich heute mit Dingen beschäftigt, die ihm morgen zu schaffen machen könnten. Vor allem jedoch, war dafür der Rausch deutlich zu wertvoll. Er musste Ergebnisse bringen, das wusste er und soweit konnte er auch denken.

Seine zweite KI hörte unablässig alle verfügbaren Netze ab. Sein Leben hing davon ab, Chap zu finden. Mit einem uneleganten Schwung setzte Geran die Flasche an und leerte sie in wenigen großen Zügen. Auch sie fand einen Platz in einer Ecke des Zimmers, die wohl noch nie gereinigt worden war. Nicht unweit von dieser Ecke landete schließlich auch noch die letzte Flasche. Geran lehnte sich in dem schmutzigen Sessel zurück und schloss die Augen. Dies war sein Moment der inneren Ruhe und nichts konnte ihn hier berühren. Hier war er wieder ohne Augmentierungen. Einfach nur ein Mensch mit Gefühlen, Träumen und Wünschen. Naiv und glücklich.

Erfüllung

Das Kabel war deutlich zu lang und hing bis auf den Boden durch, aber zumindest gab es eine stehende, abhörsichere Verbindung zwischen Chaps Hinterkopf und seinem Compuboard, die ausreichend Bandbreite hatte, um Reds Datenströme ohne wesentliche Verzögerungen durchzulassen. Tia bemerkte wie Chap versuchte das Kabel durch ungeschicktes Aufrollen etwas zu kürzen und musste grinsen.

„Sei froh, dass wir überhaupt eins von diesen Dingern auftreiben konnten. Das Teil ist antik. Niemand hat das mehr." Sie nickte dabei in Richtung des Hochleistungskabels.

Chap wusste, dass sie recht hatte. Normalerweise wurden solche Kabel nur während der initialen Aktivierung der KI verwendet. Daher war die Nachfrage nach diesen Geräten eher gering und speziell genug, um Einzelanfertigungen zu rechtfertigen. Chap konnte sich mehr als glücklich schätzen, dass Iana solche Dinge sammelte. Dieses Kabel war älteren Jahrgangs, vermutlich aus der Zeit, als man KIs noch regelmäßig manuell pflegen musste. Nahezu jeden Abend musste man Updates einspielen, da die implantierten Netzwerkkomponenten bei so großen Datenmengen ansonsten dazu neigen würden so warm zu werden, dass das zu inneren Verletzungen führen konnte. Als das Problem überwunden war, ließ sich fast die ganze Welt die Komponenten tauschen. Die Nachfrage damals hatte das Angebot derartig an die Wand gedrückt, dass viele am Ende über ein Jahr auf ihre neuen Komponenten warten mussten. Chap hatte das alles nur zu gut in Erinnerung. Ab da waren alle KIs konstant miteinander in Verbindung und immer an den zentralen Server gekoppelt. Dieser managte eine unvorstellbare Menge an stehenden Verbindungen und leitete Daten über eine nicht enden wollende Menge von öffentlichen und privaten Netzen. Wo auch immer die dazu benötigte Infrastruktur stand, es musste einer der wohl am besten abgeschirmten Orte der Welt sein.

„Chap? Chap!" Tias Stimme riss Chap aus seinen Gedanken zurück in den schlecht beleuchteten Raum mit den kargen aber dreckigen Wänden und den vielen Kabeln die irgendwo in den unendlich dunklen Ecken des Zimmers ihren Ursprung hatten und an Ianas Geräten endeten.

„Ja was willst du denn? Ich sitze neben dir, du musst wirklich nicht schreien!" Chap saß auf einer ungemütlichen Couch, links von ihm Tia, rechts Sam. Iana saß wie immer mit dem Rücken zu ihm und starrte auf den flackernden Monitore, die neben einer kleinen Glühbirne und seinem Compuboard die wohl beste Lichtquelle im Raum darstellten und ihn abwechselnd in unwirkliche Farben tauchten. Manchmal hatte Chap das Gefühl, dass Iana gar nicht wirklich lebte, aber immer, wenn er in ihre Richtung starrte sah er doch, wie sie sich ein wenig bewegte.

„Du wirkst so abgelenkt." Tias Worte enthielten eine Spur von Vorwurf.

„Ich bin nur konzentriert. Das ist alles nicht so einfach, wie es aussieht." Das war gelogen und Chap wusste das auch sehr genau. Er war abgelenkt, nicht bei der Sache. Es gingen ihm ganz andere Dinge durch den Kopf als jetzt gerade dran waren. Er musste sich erst wieder fangen. Aber hier, so lange eingesperrt in diesem Loch fing er an, einen echten Koller zu entwickeln. Anfangs hatte Chap noch das Gefühl gehabt, dass sein Angreifer ihnen nah auf den Fersen war. Das hatte sich in der langen Zeit, die er mittlerweile hier war, stark relativiert. Hier unten fühlte er sich nun langsam halbwegs sicher, dennoch wollte er die Sache zu Ende bringen, den psychischen Stress endlich ablegen können und auch mal wieder die falsche Sonne der Stadtbeleuchtung sehen. Mit einem fragenden Blick wandte er den Kopf zu Sam in der Hoffnung, dass er ihm etwas Abhilfe verschaffen konnte.

„Ich kann dir, glaube ich, da wirklich nicht helfen." Sam ignorierte Chaps flehende Blicke eisern.

Chap reichte es. Er hatte jetzt mehrere Stunden am Stück gearbeitet, ohne auch nur die Tageszeit zu kennen. „Ich muss ich raus. Ich kriege hier Zustände. Ich brauche frische Luft! Es ist mir egal wie gefährlich es da draußen ist!!" Er wollte aufstehen, wurde aber von einer starken Hand zurück ins Sofa gedrückt.

Sams ansonsten neutral-freundliches Gesicht war plötzlich sehr nah an seinem und sehr unfreundlich. „Du kannst froh sein, noch am Leben zu sein. Tia hat unser alle Leben riskiert, um dich hier her zu bringen. Glaube ja nicht, dass du da einfach so hinausspazieren und den

Feind direkt hierher locken kannst. Ich werde nicht für dich ins Gras beißen."

Chap hatte sehr genau verstanden. Er schielte zu Tia hinüber, die zurück grinste. „Ok, Tia, an sich ist es fertig, aber wirklich testen können wir das nicht."

„Tue es!" Tias Augen glänzten vor Vorfreude.

Chap zögerte. Er blickte auf Sam, der sich wieder vollständig gefangen hatte und ihn anlächelte als wäre nie etwas passiert und dann zurück auf Tia, die ihn immer noch mit freudigster Erwartung anstrahlte. Letztlich versuchte er sogar sinnloser Weise, Ianas Hinterkopf mit seinen Blicken zu einer Regung zu verleiten. Alles vergebens. Niemand hier konnte oder wollte ihm die Entscheidung abnehmen. Er ließ sein Kopf nach hinten fallen und schloss die Augen. Er war nervös. All die Freiheit, für die er gekämpft hatte. Alles, was er sich aufgebaut hatte. Sein Leben, seine Freiheiten und seine wundervolle, erholsame Einsamkeit würde er jetzt zumindest stückweise loslassen müssen. Andererseits würde er seine beste Freundin, seine Wegbegleiterin, seine wichtigste Stütze - die nachweislich unberechenbar geworden war - endlich wieder in fast vollem Glanze erstrahlen sehen. Er wusste nicht, was er tun sollte. Es war ironisch, aber irgendwie auch unterhaltsam. Er hob den Kopf und öffnete langsam seine Augen. Dann fing er an, nach und nach alle Rechte neu zu vergeben.

○ ◊ ○

Es war laut und unangenehm gewesen und Geran hatte fast vergessen was Schmerzen wirklich sind. Offenbar war sein Verhalten in der letzten Zeit und sein Versagen beim Aufspüren von Chap seinen Auftraggebern nicht entgangen. Diese hatten natürlich eine Erklärung gefordert - auf ihre Weise. Geran wurde schnell daran erinnert, wie sehr er ihre Weise hasste. Er lag schmerzverkrümmt auf dem kalten, dreckigen Betonboden in einer Ecke seines Wohnzimmers. Sein Kopf war auf einer alten Pizzaschachtel aufgebahrt. Ihm tat absolut alles weh. Die zweite KI hatte die Schmerzrezeptoren in seinem Körper überstimuliert bis zu dem Punkt, wo er nicht mehr dazu in der Lage war, klare Informationen weiter zu geben und seine Auftraggeber ihn ruhen lassen mussten. Noch immer war seine Gesichtsmuskulatur taub vor Schmerzen und bis auf ein mühsames Stöhnen brachte er keine sinnvollen Laute über die Lippen. Das einzige, was ihm nach wie vor gute Dienste leistet, waren seine Gedanken und diese rasten in alle Richtungen. Er hatte seinen Job, seine Abhängigkeit, sein Leben. Er könnte schon von all dem frei sein, wenn Chap ihn nicht zum Narren gehalten hätte. All der Schmerz, all die Qualen, sein kompletter Zustand war nur die Schuld von Chap und Chap allein. Geran wollte schreien, aber alles was seine gepeinigten Stimmbänder hervorbrachten was ein leises Krächzen. Er wollte um sich schlagen und wüten, aber jede noch so kleine Bewegung fuhr ihm durch Mark und Bein. Aber er lebte und bald würde er sich wieder bewegen können und er hatte ein klares Ziel vor Augen. Jemand würde für sein verpfuschtes Leben bezahlen müssen und dafür hatte Geran einen klaren Schuldigen: Chap.

Geran spielte in Gedanken die Dinge durch, die er Chap bald antun würde. Innerlich musste er fast lachen, aber der andauernde Schmerz ermahnte ihn, es nicht offen zu zeigen. Es tat ihm gut, seine angestaute Wut kanalisieren zu können. Er aalte sich weiter in diesem Zustand und in dem Hass auf Chap. Zumindest war er heute frei von weiteren Aufgaben und konnte sich ausruhen. Ein Zeitgefühl hatte er nicht, erschöpft war er immer. Jetzt, wo keine Adrenalininjektion ihn zwanghaft wachhielt konnte er seine Augen ruhen lassen. Bald griff der unruhige Schlaf nach ihm und ummantelte seine Wut mit Traumbildern aus Gewalt und Hass. Es war für die Seele eine Strapaze aber für den Körper dennoch eine armselige Erholung.

Die ganze Prozedur dauerte einige Zeit. Chap war noch nie so bewusst gewesen wie viele Komponenten tatsächlich in seinem Körper installiert worden waren. Wie viele Dinge diese KI tatsächlich steuern konnte und musste. Er fragte sich dabei mehr als einmal wie viel Mensch er tatsächlich noch wirklich war. Aber nun war es so weit. Das Display auf seinem Compuboard fing an, die ersten Daten zu empfangen. Das Ganze wurde mittels eines Frequenzmessers visualisiert. Tia und Sam hatten ihre Köpfe so nah zu Chap gebeugt, dass es ihm schon unangenehm war. Er verbreiterte seine Schultern, um sich etwas Raum zu verschaffen, dabei musste er etwas nach oben blicken und starrte leicht erschrocken direkt in Ianas Augen, die offenbar auch Teil der Show sein wollte.

„Tu nicht so überrascht, eine visualisierte KI sehe auch ich zum ersten Mal." Iana konnte tatsächlich reden. Chap fiel etwas vom Glauben ab und musste sich erst fangen, was dazu führte, dass er sie etwas zu lange anstarrte. „Kann ich dir helfen?"

„Ich ..." Er musste sich räuspern „ ... ich hatte nicht gedacht, dass du ... äh ..." wie konnte er das diplomatisch verpacken?

„ ..., dass ich reden kann?" Sie grinste ihn herausfordernd an.

Er fühlte die Wände näher kommen. Eingeengt von den drei seltsamen Menschen, die er mehr oder minder freiwillig um sich geschart hatte und die nichts Besseres zu tun hatten, als sich in einem so wichtigen und einschneidenden Moment über ihn lustig zu machen. Chap entschied sich für Konfrontation: „Ja, genau ... und bewegen!" Er schaute sie jetzt direkter an. Sie ließ sich etwas zurück fallen und verzog leicht das Gesicht.

„Ja, kann ich beides, ist nur nicht oft notwendig." Ihr Blick schweifte in eine entfernte Ecke des Zimmers ab. „Zeig einfach was du da hast."

Chap hatte bei all der Aufregung über das, um was es hier ging, fast vergessen, um was es wirklich ging. Er senkte den Blick schweigend auf das Display seines Compuboard, das vor ihm leicht angewinkelt auf dem maroden Abstelltisch stand. Es waren einige unterschiedlich farbige Linien zu sehen, die Interferenzen der einzelnen Signale darstellten. Red musste sich wohl erst richtig synchronisieren. Es war auch für sie eine ganz neue Erfahrung. Genau genommen wusste Chap nicht mal wirklich, ob das überhaupt funktionieren konnte. Jetzt hieß es abwarten und hoffen, dass Red ihren Teil beherrschte. Chap blickte auf, er brauchte mehr Luft, er musste seinen Kopf freibekommen, die Anspannung war für seinen Geschmack doch etwas zu groß, aber irgendwie hing er physisch dran und konnte der Sache daher nicht wirklich entgehen. Es hieß also nicht nur Abwarten, sondern auch Durchhalten.

Langsam formten die bruchstückhaften Linien gleichmäßigere Muster. Es tat sich also was. Red schien sich langsam, an die neue Kommunikationsroute zu gewöhnen und zu verstehen, wie sie ihre Programmierung anpassen musste, um mit der neuen Hardwareerweiterung klar zu kommen. Mit der Zeit formten die Linien immer neue Muster, die immer mehr vom Bildschirm einnahmen. Die neuen Muster fügten teilweise nun auch erste Geräusche zur Farbkulisse hinzu. Die ersten Geräusche klangen nur nach einem einfachen Rauschen, die folgenden klangen nach Störsendern und einzelnen abgehakten Tönen. Schließlich fing der Bildschirm an, einfache Formen darzustellen, und die Geräuschkulisse fing an, erkennbare Laute von sich zu geben. Eine Stimme war an diesem Punkt noch nicht zu hören. Chap hatte bereits das Gefühl, dass er stundenlang herumgesessen hatte. Er musste aufstehen und zum ersten Mal war er froh über die Kabellänge. Er stand auf und streckte sich.

„Jetzt nicht schlapp machen. Bald ist es soweit." Tias Worte sollten Mut spenden, aber Chap war mental schon in einem halben Trance gefangen. Vor ihm rauchte es mal lauter, mal leiser. mal piepte es, mal kamen abgehakte unzusammenhängende Laute. Er konnte nicht wirklich erkennen, dass das wirklich zu einem Erfolg führen könnte. Die Musterbildung hatte sich mittlerweile auch wieder beruhigt und das Display zeigte jetzt schon seit einiger Zeit die gleichen regelmäßigen Muster, die in verschiedenen Neonfarben vor einem schwarzen Hintergrund mäanderten.

Chap drehte sich um, schob sich leicht ruppig etwas Platz auf der Couch zusammen und parkte sich in Schlafposition. Ein Blick auf seine drei Mitstreiter verriet ihm, dass sein Plan durchaus auch Anklang finden dürfte. I- ana war bereits eingeschlafen und Tia würde wenig Überredung brauchen. Nur Sam saß wie versteinert in seiner Ecke. Chap entschied sich, das einfach zu ignorieren und versuchte, die Augen zu schließen. Schlafen würde ihm schwer fallen, dazu war die Anspannung noch immer zu groß, aber seinen Augen ein wenig Ruhe zu gönnen, das sollte schon möglich sein.

Ein stechender Schmerz in seiner Brust riss Geran aus einem unruhigen Schlaf. Seine zweite KI war wieder aktiv geworden und hatte begonnen, ihm Adrenalin zu verabreichen, um ihn wieder auf die Beine zu bekommen.

Seine menschlichen Glieder fühlten sich verbraucht an und es fiel im schwer, seinen eigenen geschundenen Körper aufzurichten. Er rollte sich ein wenig zur Seite, und bemerkte dabei, dass er wohl in der Nacht einiges von dem Müll am Boden umverteilt hatte. Sein Kopf befand sich nicht mehr auf der Pizzaschachtel, sondern lag ein paar Centimeter von ein paar zerdrückten Blechdose entfernt auf den Betonboden. Im Moment wollte er einfach nur noch die Wohnung verlassen. Geran stolperte ins Bad, zumindest ein bisschen Schweiß wollte er loswerden und die Hose sollte gewechselt werden. Er drehte den Wasserhahn auf, der zunächst eine rostigbraune gallertartige Suppe aushustete bevor dann langsam auch ein ungleichmäßiger Wasserstrahl folgte. Er schaufelte mehrere Hände voll Wasser in sein Gesicht und in die fettigen, strähnigen Haare, die nur die eine Hälfte seines Kopfes bedeckten und blickte dann auf in den zersprungenen Spiegel. Er versuchte mit müden Handbewegungen genügend Schmutz zu entfernen, um sich selbst zumindest in die Augen sehen zu können - in sein eines Auge; denn das künstliche starrte ihn nur tot und seelenlos an. Was er sah war ein gebrochener Mann und schuld daran war niemand anderes als Chap. Er würde ihn kriegen - bald.

Geran zog die Hose aus. Sie hatte während der Tortur der letzten Nacht massiv gelitten als er die Kontrolle über seine Muskulatur verloren hatte. Das war mit Sicherheit keine Erklärung für alle sichtbaren Flecken, aber Geran störte eher das nasse Gefühl als der Geruch oder das Aussehen. Er musste sich auf den grünlich schimmernden Boden setzen, um die Hose an den metallischen Füßen vorbei zu bekommen, da sein Gleichgewichtsgefühl noch nicht vollständig wieder hergestellt war. Es war eine Anstrengung gewesen, so weit zu kommen. Doch kaum wollte er ein wenig dort im Schimmel rasten reagierte seine zweite KI und verabreichte ihm die nächste Dosis Adrenalin. Er war sich nicht sicher wie lange ein menschlicher Körper das überleben konnte - aber wie viel war an ihm tatsächlich noch menschlich?

○ ◊ ○

Chap wusste nicht, wie lange er geschlafen hatte. Eine relativ unklare und ihm vollkommen unbekannte Frauenstimme weckte ihn: „h ... lo ... hör ... ch?"

Chap rieb sich den Schlaf aus den Augen und setzte sich müde auf.

„Hall ... i ... da ... er?"

Er schaute müde auf das Display. Es zeigte ein unklares Bild auf verworrenen Linien. Für einen Moment dachte Chap er können darin so etwas wie ein Gesicht erkennen, aber sicher war er sich dabei nicht.

„Cha ... bi ... da ... ."

Das Rauschen wurde leiser, die Stimme wurde klarer. Sie klang angenehm, beruhigend, entspannt.

„Chap?"

Es war nun ein ganzes Wort zu hören, ihr erstes selbst gesprochenes Wort war sein Name. Sein Blick schweifte auf das Display. Neonfarbene Muster mäanderten wieder wild durcheinander. Nach einigem Hinsehen begann

177

er Regelmäßigkeiten zu erkennen. Es sah fast so aus wie menschliche Augen.

„Red?“ Er experimentierte: Red müsste ihn per Lesezugriff auf seine Ohren hören können.

“Ja?“

Chap musste sich gerade hinsetzen. Zum ersten Mal redete er mit einer KI Gesicht zu ... wirren Linien, die versuchten, so etwas wie ein Gesicht darzustellen. Für ihn war das Gefühl in dem Moment kaum zu beschreiben. Das einzige, was er wusste war, dass er etwas ungemein Spannendes vor sich hatte. Wie ein Kind an Weihnachten hätte er am liebsten gleich alles ausprobiert.

„Red, wir haben es geschafft!“ Er sagte es lauter als er wollte, aber das kümmerte ihn nicht. Mit einer beschwingten Handbewegung griff er nach dem Compuboard und holte es sich näher ran. Red versuchte, die Muster und Formen zu einem lächelnden Gesicht umzuformen. Vielleicht war das ein Versuch, Empathie in Chap zu wecken.

„Das ist erstaunlich!“ Chap erschrak leicht als neben ihm Tias Kopf auftauchte. Dabei ließ er beinahe das Compuboard fallen. Alle waren mehr oder weniger wach geworden und scharrten sich um Chap und sein Errungenschaft.

„Hey KI, sag was.“ Iana klang verschlafen und herrisch. Es wirkte so als wolle sie einem störrischen Hund beibringen, ein Zirkuskunststück vorzuführen.

Nachdem nichts zu hören war schaute Chap auf das Display seines Compuboards und bemerkte, dass die Linien sich mehr in die Rottöne verschoben hatten. Auch das skizzenhafte Pseudogesicht hatte sich stark verzogen. Es wirkte beinahe so als wäre Red wütend.

„Red, ist alles in Ordnung?" Chap tat sie beinahe leid. Nach all der Arbeit nun das. Er blickte hoch in die Runde und fügte hinzu: „Könnt ihr uns ein wenig Luft geben?"

Das Display wurde wieder bunter und wechselte sogar etwas in das grünlich-blaue Farbspektrum. Chap wusste es nicht besser, als seiner KI menschliche Gefühle anzudichten: Red schien sich zu - ja, zu beruhigen.

„Es ist al ... in Ord ... nung!" Perfekt war es noch nicht, aber es war bereits gut genug, um eine einfache Unterhaltung zu führen.

Chap spürte die Neugierde in seinen Gefährten heraufbrodeln. Sie fanden es allesamt sehr amüsant, dass Red offenbar dachte sie sei ein fühlendes Wesen. Um zu verhindern, dass Red wieder verärgert wurde und den Deal platzen lassen würde, wollte er die Unterhaltung vor dem Rest der Gruppe abkürzen und beschloss daher, direkt zum Punkt zu kommen: „Red, es tut mir leid, aber wir haben leider im Moment nicht viel Zeit. Kannst du uns in diesem Zustand helfen?"

„Ich brauc ... Netzzugriff u ... ... ir zu helf ... ." Das hatte Chap befürchtet, aber das war ein Risiko, das man wohl oder übel nehmen musste. Er schaute zu Tia rüber und Tia schaute zu Iana, diese schüttelte den Kopf.

„Das ist im Moment unmöglich. Es würde alles gefährden." Iana sprach langsam und eindringlich.

„Wenn wir weiter kommen wollen haben wir keine Wahl." Chap sah Tia fast flehend an. Er hatte so viel riskiert und so viel erreicht. Es war irgendwie auch sein Plan geworden.

Tia dachte eine Weile nach: „Was wir brauchen ist ein Ort, an dem wir viele Fluchtwege haben und der uns nicht mit diesem Unterschlupf in Verbindung bringt." Ihre Stimme war wieder einmal ernst und besonnen. Chap wurde bewusst, dass es hier um viel mehr ging als nur um sein Projekt.

„Wenn wir das lostreten, werden wir wenig Zeit haben. Wir müssen uns auf alles vorbereiten." Sam fügte seine Worte der Gedankenwolke im Raum hinzu.

Tia nickte zu Iana rüber: „Iana, was könnte uns erwarten?"

Iana dachte kurz nach: „Ehrlich gesagt gibt es im Moment kein Netz, das nicht tiefengescannt wird. Jedes bisschen Traffic wird aufs Genaueste untersucht, da weiß jemand mit sehr guten Ressourcen, dass hier was im Busch ist."

Chap war es nie in den Sinn gekommen, dass er für so viel Wirbel sorgen könnte, aber wenn er darüber nachdachte, machte es durchaus Sinn. Jemand mit sehr viel Macht lenkte alles und genoss die Möglichkeiten, die sich daraus ergaben. So jemand hätte kein Problem damit, auch groß angelegte Suchaktionen durchzuführen.

Tia sprach wieder: „Wie lange hätten wir Zeit bevor wir entdeckt werden?"

„Bei der Menge Traffic ... schon ein paar Minuten, vielleicht eine Viertelstunde." Iana blickte aussagelos in die Runde.

„Red, genügen dir 15 Minuten?" Chap sprach langsam und überlegt

„Wenn kein ... Verbindu ... g aufgebaut wird, ka ... ich n ... t helfen. Der Ser ... r muss sich b ... mir mel ... en." Es war ein langer Satz, der träge heraus kam, aber alle verstanden das Problem. Es war wie russisches Roulette.

Chap schaute in die Runde: „Wir haben zwei Möglichkeiten: entweder wir versuchen es, oder wir warten bis uns jemand hier findet."

Niemand in der Gruppe wollte derjenige sein, der die Verantwortung übernahm. Chap wurde innerlich beinahe wütend, aber er verstand alle um sich herum und bremste sich wieder ein.

„Ich mache es alleine, wenn es sein muss." Chap hatte in den letzten Monaten gelernt, was es bedeutet, einen inneren Antrieb zu haben und zu pflegen.

Tia sah ihn nachdenklich an: „Ich komme mit, ich kenne einen Ort."

Sam und Iana schauten sich gegenseitig an. Sam nickte langsam, Iana drehte sich weg. Sam schaute Chap ernst und durchdringend an. Chap blieb standhaft und starrte zurück. Schließlich lächelte Sam und sagte mit einem deutlich heitereren Unterton: „Alles klar, ich werde ein paar Waffen einpacken und komme ebenfalls mit."

Chap schaute zu Iana, Tia legte ihre Hand auf seine Schulter: „Sie wird nicht mitkommen, sowas ist nichts für sie. Wenn alles gelaufen ist kommen wir sie holen."

Verbindung

Beim Verlassen des Unterschlupfes hatte Chaps Herz so schnell geschlagen, dass Red ihm ein Beruhigungsmittel verabreichen wollte, aber nicht konnte. Das hatte einen weiteren kleinen Disput zur Folge gehabt, da Red meinte, dass sie auch Angst um ihre eigene Existenz hätte würde Chap an einem Herzinfarkt sterben. Sie müsse doch zumindest in der Lage sein, ihn zu heilen. Das führte dazu, dass Sam sich über die Angst zu sterben lustig machte, was Red wieder dazu brachte, rot aufzuleuchten und zu schweigen. Diesen Zustand hatte sie zumindest ein wenig wieder gelockert, da es nun mehr als zwei Stunden her war. Tia fuhr Schleichwege kreuz und quer durch entlegene Gassen und Gegenden, von deren Existenz Chap nicht einmal in seinen schlimmsten Albträumen etwas wissen wollte.

Mehr als nur ein paar Mal bog Tia in eine leere Seitengasse oder offene Garage ein und machte kurz Halt. Sie wartete, ließ andere Autos passieren, schloss Garagentore und lauschte. Chap wurde immer bewusster in welcher Gefahr sie sich befanden. Ein Blick auf Sam hätte aber auch schon ausgereicht. Sam war bis an die Zähne bewaffnet. Er hatte Chap und Tia jeweils eine Pistole ausgehändigt und er selber hatte noch mehrere weitere Schusswaffen, Messer und Explosivstoffe am Körper. Das an sich war schon einiges. Die Tragetasche im Kofferraum noch nicht mitgezählt. Chap wusste nicht genau was drin war, aber sie war nicht leicht. Sam war ganz klar auf einen Krieg vorbereitet. Chap fragte sich woher all das Mordwerkzeug kam. So ganz legal wird es nicht erworben worden sein - daran bestand kein Zweifel.

Während der Fahrt wurden nicht viele Worte gewechselt, jeder war auf seine Aufgabe konzentriert. Sam hielt seine Augen zu allem Seiten offen. Tia beobachtete die Straße und den Rückspiegel und Chap befasste sich mit Red. Seine Hoffnung war es, die Synchronisation noch besser zu optimieren und sich selbst mobiler zu machen. Er hatte das etwas zu lange Kabel in einem kleinen Rucksack verstaut, den er unter einer Jacke trug, die gleichzeitig auch das an seinem Hinterkopf angeschlossene Kabel verstecken sollte. Das Compuboard hatte er mit zwei Gummiriemen an seinem Gürtel befestigt, so dass er flexibel drauf zugreifen konnte, aber im Notfall auch die Hände frei haben konnte.

Tia war nun seit einiger Zeit eine gleichbleibend hohe Geschwindigkeit gefahren, doch nun fing sie an, stark zu beschleunigen. Zunächst fürchtete Chap, dass sie verfolgt werden würden, doch dann sah er woran es wirklich lag. Mit einem waghalsigen Manöver bog Tia aus dem verdreckten Schatten der unbefahrenen Nebenstraßen in die deutlich sauberere aber auch deutlich mehr befahrene Hauptstraße ein. Da alle Fahrer mit KIs ausgestattet waren bestand kein Bedürfnis, langsamer zu fahren als es das Auto hergab. Für Tia musste es eine extreme Herausforderung sein. Chap bemerkte die Anspannung auch bei Sam, der die Augen nicht mehr von der Frontscheibe hatte lösen können seit Tia angefangen hatte zu beschleunigen. Hinzu kam noch das Problem, dass ein Auto, das aus dem Rahmen fiel schnell von der Polizei aus dem Verkehr gezogen wurde. In ihrer Situation wäre das fatal. Leider ließen sich manche der Straßen nicht umgehen, wenn man die Stadtteile wechseln wollte.

Chap kannte die Gegend nicht gut genug, um sich ein konkretes Bild von der Lage zu machen, aber die Straße war etwas abschüssig und Chap blickte ein wenig über die niedrigen Dächer hinaus und konnte die Säulen erkennen. Wenn ihn nicht alles täuschte, raste Tia genau auf Säule sechs zu. Die Säule, unter der er die Server vermutete, die für die durchdrehenden KIs verantwortlich waren. Das konnte unmöglich ein Zufall sein. Chap wollte fragen, hatte aber Angst Tias Konzentration zu stören, also hob er sich die Frage für später auf.

Als die Grenze zum Bezirk der sechsten Säule überschritten war, scherte Tia sofort wieder in die Seitengassen, fuhr zwei Querstraßen weiter in einen unbeleuchteten Bereich wurde langsamer und parkte das Auto in einer kleinen Sackgasse. Sie schaltete den Motor aus und deutete Sam und Chap sich auf der Rückbank runter zu ducken. Sie starrte eine ganze Weile durch die Rückscheibe. Chap hatte kein Zeitgefühl mehr, aber er war beinahe davon überzeugt, dass Tia ihre Augen länger als 5 Minuten ohne zu blinzeln offen hatte. Schließlich startete sie den Motor erneut, fuhr vorsichtig aus der Seitengasse raus und setzte den Weg durch die Nebenstraßen fort. Die Taktik blieb auch hier die gleiche. Unregelmäßig bog Tia in Parkbuchten, leere Garagen und Seitengassen ein. Sie kamen so nur schleppend voran, aber

Vorsicht schien unter den gegebenen Umständen angebracht zu sein.

Die Umgebung fing nach einiger Zeit an sich zu verändern. Immer weniger Wohnungen sahen bewohnt aus - oder schienen zumindest nicht legal bewohnt zu sein und die vorher noch spärlich vorhandene Beleuchtung war nun gänzlich abgeschaltet. Die von Müll bedeckte Straße vor ihnen wurde fast nur mehr durch die Scheinwerfer des Taxis beleuchtet. Ab und an sah Chap den einen oder anderen Obdachlosen in ärmlichen, schmutzigen, zerrissenen Klamotten bemüht dem Auto ausweichen, oder wie eine Leiche am Straßenrand liegen - die Wahrscheinlichkeit, dass es wirklich eine Leiche war, war dabei nicht gerade gering. Chap hatte oft gedacht, dass er in einem miesen Viertel der Stadt lebte, in das sich kaum ein Polizist verirren würde, aber vergleichen hiermit ging es ihm noch verhältnismäßig gut. Wer hier landete war am absoluten Tiefpunkt der Gesellschaft angelangt. Es war eindeutig, warum Tia sich einen solchen Ort am Rande der Stadt ausgesucht hatte. Er war schwer zu finden und niemand hier würde neugierig sein - und wenn doch, dann würde er wohl kaum in der Lage sein, eine sinnvolle Antwort von sich zu geben. Hier gab es keine Spitzel und dafür aber viele Fluchtwege.

Tia fuhr nun ruhiger und Chap lehnte sich vor und stellte seine Frage: „Tia, es gibt einige Gegenden, wie diese hier, warum die bei Säule sechs? Willst du es gleich zu Ende bringen?"

Tias Antwort kam schnell und klang ernst. „Ja. Wir werden nicht noch einmal untertauchen können."

Chap hatte sich so etwas schon gedacht. Auch er wollte die Dinge hinter sich bringen, um wieder ein normales Leben führen zu können. Dennoch beschlich ihn langsam das Gefühl, dass er nie wieder ein normales Leben würde führen können. Sie konnten unmöglich das Gesetz aushebeln. Er hatte eine Straftat begangen, die ihn für immer zum Flüchtenden machen würde. Er atmete tief ein und aus und ließ sich zurück in den Taxi Sitz fallen.

Nach diesen paar Worten wurde es wieder still im Taxi. Sam nahm wieder seinen Wachdienst auf, Tia fuhr weiter mit unregelmäßigen Pausen und Chap versuchte, sich mit weiteren Einstellungen des Compuboards abzulenken. Nach einer Weile kamen sie zu einem etwas isoliert stehenden Gebäude das höher war als die Häuser daneben. Es wirke wie die Bauruine eines Bürohochhauses. In den unteren Geschossen waren teilweise schon Fenster eingebaut, aber es waren keine Gardinen oder Rollos dahinter zu erkennen. Oben ragten noch ein paar Stahlsäulen aus der Fassade empor, die darauf hindeuteten, dass das letzte Stockwerk offenbar nie fertig gestellt worden war.

Tia bog in die bereits fertiggestellte Tiefgarage ein, parkte das Taxi in der Nähe des Ausgangs und wartete wieder wachsam für einige Zeit.

Schließlich sprach sie leise: „Dieses Gebäude hat insgesamt sieben Ausgänge zu unterschiedlichen Seiten und jeder Ausgang bietet ausreichend Möglichkeiten, sich zu verschanzen. Wenn wir irgendwo eine faire Chance haben, dann hier."

Sam öffnete die Tür einen Spalt, erstarrte kurz, und machte die Tür wieder zu. Solange sie im Auto waren, war ein Abhören zumindest sehr viel schwieriger, wenn sie also Pläne schmieden wollten, dann am besten hier drinnen. Er schaute in die Runde und sagte leise: „Ich werde alle Ausgänge mit Sprengfallen bestücken. Sollte uns jemand finden werden wir zumindest dafür sorgen, dass er nicht in voller Kraft zuschlagen kann. Die restlichen Waffen nehmt ihr am besten mit nach oben.“

„Nach ... Oben?“ Chap wünschte, dass er mehr Wissen über den Plan hatte, als man ihm mitteilen wollte. „Wie habt ihr dieses Gebäude überhaupt aufgetrieben?“

Tia lächelte ihn etwas verkrampft an. Sie versuchte, die Anspannung etwas zu lösen, machte sie aber tatsächlich nur schlimmer. „Als wir uns nach einem Unterschlupf umgesehen hatten, haben wir das Gebäude gefunden. Es ist wohl die Bauruine eines alten Bürogebäudes oder sowas. Wir haben uns dagegen entschieden, weil es zu offen ist und zu kalt. Als klarer wurde, dass wir in der Nähe von Säule sechs etwas finden müssten, haben wir die alten Pläne noch einmal herausgekramt.“

Das würde Chap genügen müssen. „Ok, wie genau sieht der Plan aus?“

Tia lehnte sich wieder im Fahrersitz zurück und begann den Plan darzulegen: „Was Sam machen wird weißt du jetzt. Wir beide werden nach oben gehen. Im oberen Stockwert ist ein größerer Raum mit relativ dicken Wänden. War wohl von irgendeinem paranoiden hohen Tier beauftragt worden oder sowas. Wir werden alles vorbereiten, um uns dort so gut wie möglich zu verschanzen, und du legst los und bringst Red zurück ans

Netz. Der Countdown beginnt sobald die initiale Verbindung hergestellt wurde. Wir haben dann zehn bis fünfzehn Minuten bevor es hier zu heiß wird." Tia blickte in die Runde und fügte hinzu: „Wenn es los geht gibt es kein Zurück mehr. Sobald die Türen offen sind sollten wir die Kommunikation aufs Nötigste begrenzen. Gibt es noch irgendwelche Fragen?"

Keiner antwortete, allen war klar, worum es hier ging und was er zu tun hatte. Chap nickte leicht und öffnete seine Seitentür. Sie durften nicht zögern. Es war jetzt mach oder stirb und vielleicht auch eine unschöne Mischung aus beidem. Er wollte das nicht wissen, es würde ihn nur aufhalten.

Sam tat es ihm gleich und ging direkt zum Kofferraum. Er holte seine Tragetasche hervor und reichte Chap zwei Gewehre und einen Beutel mit Munition. Tia war bereits dabei, in Richtung der Treppe zu gehen, Chap nickte Sam zu, der seine Tragetasche noch einmal schulterte und dann zurück nickte. Es war unnötig "viel Erfolg" oder "viel Glück" zu wünschen, allen war absolut klar was hier auf dem Spiel stand und dass sie mehr als nur Glück bräuchten, um aus dieser Sache heil raus zu kommen. Chap drehte sich zu Tia um und folgte ihr, sie wartete am Treppenhaus auf ihn. Er reichte ihr eines der Gewehre im Vorbeigehen und beide fingen an, die karge Betontreppe zu erklimmen. Es war nahezu dunkel abgesehen von dem kaum bemerkbaren Licht, das durch das fehlende Dach eindrang. Was Chap erkennen konnte waren verwitterte und bröckelnde Betonwände und ein rostiges Geländer. Der Aufstieg war anstrengend und dauerte lang. Er wurde zusätzlich dadurch erschwert, dass die Treppe in keinem passablen Zustand mehr war. Das Haus war ganz offensichtlich alt und der Beton war durch jahrzehntelange Witterung spröde und marode geworden. Die Stufen hielten teilweise dem Gewicht nicht mehr stand und fingen an abzubröckeln. Sie mussten sich vorsichtig und langsam bewegen, um nicht zu riskieren, einen Treppenabsatz zu verlieren. Für den Rückweg gab es noch ein paar weitere Optionen, das Gebäude verfügte offenbar über mehrere solche Treppenhäuser. Der Aufstieg dauerte eine gefühlte Ewigkeit, weder Tia noch Chap wechselten mehr als Blicke. Chap fragte sich ab und an wie es wohl Sam ging und wie er wohl unten mit den Vorbereitungen voran kam.

Endlich kamen sie im zweiundzwanzigsten Stock an. Die Etage war genauso nackt und verwittert die das Treppenhaus. Die Wände, Böden und Decken waren roher Beton, einige Rohre und Kabel hingen von der Decke oder verliefen in offenen Kanälen in den Wänden entlang. Hier und da lag Schutt und in den Räumen waren alte Holzpaletten, auf denen Überreste von Baumaterialien aufgebahrt waren. Als das Bauvorhaben gescheitert war hatte man wohl hastig alles was noch zu verwerten gewesen war entfernt und den Rest einfach stehen und liegen gelassen. Da keine Fenster vorhanden waren fegte die Kälte durch die Gänge und Räume. Chap war zwar warm angezogen, aber die Temperaturen würde er nicht lange aushalten.

Tia führte Chap in einen größeren Raum im Zentrum der Etage lag. Er hatte keine Fenster und Chap konnte schwere Stahltüren zu jeder Seite des Zimmers sehen. Die Wände wirkten ungewöhnlich dick. Er fragte sich, wofür dieser Raum wohl geschaffen worden war - er wusste aber auch, dass er es nie erfahren würde.

Während Chap noch rätselnd mitten im Raum stand fing Tia an, alle Türen zu schließen und mit Schutt und herumliegenden Dingen dahinter Wälle zu errichten. Als sie bemerkte, dass Chap in ihre Richtung blickte deutete sie ihm an, dass er endlich anfangen solle. Nach kurzem Zögern setzte Chap sich auf eine kleinen Schutthaufen an der einen Seite des Raumes und holte sein Compuboard hervor. Der Bildschirm flackerte sofort auf und Reds verzerrtes Pseudogesicht wurde erkennbar.

„Geht es los?" Sie klang enthusiastisch, so als würde sie sich tatsächlich freuen.

„Ja, wir legen los." bestätigte Chap mit monotoner Stimme.

Er öffnete den Netzzugang und Red fing sofort an, Verbindungen zu allen möglichen Netzen aufzubauen. Wo sie nicht reinkam half Chap ihr soweit er konnte. Er wollte, dass Red sichtbar wurde. Er wollte schnell ein Ergebnis erzwingen.

Digitalkrieg

Es bestand kein Zweifel, es konnte nur Chap sein, die Signatur war mehr als eindeutig. Gerans Gesicht verformte sich zu seiner grässlichen Grimasse. Die Haut am Übergang zwischen Mensch und Maschine dehnte sich in unnatürlicher Weise als wollte sie gleich reißen. Was folgte war ein kehliges Geräusch, dass nur Geran selbst als Gelächter erkannt hätte. Es war so weit, Chap hatte sich ins Freie getraut, jetzt konnte er endlich Rache üben.

Geran sprang auf und stürmte zur Tür. Er musste jetzt schneller sein als seine Auftraggeber, ansonsten würden andere ihm den Fang und damit die Freiheit wegschnappen. Das durfte er unter keinen Umständen zulassen. Während seine KIs sich um eine Beförderung kümmerten isolierte Geran das Signal, verlinkte es mit seiner primären KI und verschlüsselte es, so dass nur er es für einen gewissen Zeitraum sehen konnte. Er gewann damit ein paar Minuten, aber diese waren wertvoll und garantierten ihm den Vorsprung, den er brauchen würde. Sein augmentierter Arm hatte unterdessen die Tür eines parkenden Autos aus den Angeln gerissen und die Sperre geknackt. Er fuhr los, der Ort wunderte ihn tatsächlich etwas: ein Gebäude leicht außerhalb vom Einzugsgebiet von Säule sechs. Seine sekundäre KI konnte das Fahren übernehmen, er würde Chap eine ganz besondere Überraschung bescheren. Eine Überraschung mit der er bereits Bekanntschaft gemacht hatte. Allein der Gedanke daran freute Geran zutiefst.

○ ◊ ○

Etwas stimmte nicht. Die Verbindung stand keine Minute und Red wurde bereits von mehreren unbekannten Quellen aus angepingt. Die meisten Verbindungen schienen zu scheitern, eine blieb jedoch aktiv. Chap gefiel das nicht. Sie hatten zu wenig Zeit gehabt, das ging viel zu schnell. Er verfolgte die stehende Verbindung soweit er konnte zurück. Sie endete soweit Chap das sehen konnte in einer KI. Vielleicht nur jemand, der neugierig war.

„Red, was denkst du über die Verbindung?“ Sie war angehängt, sie hatte einen besseren Einblick.

„Ich bekomme keine Informationen, alle Anfragen werden blockiert.“

„Versucht jemand, Daten durch die Leitung zu schieben?“ Bei diesen Worten bemerkte Chap, dass Tia anfangen hatte aufmerksam zuzuhören.

Leise raunte sie ihm zu: „Zeichne alles auf!“ Chap bestätigte mit einem Nicken und begann mit der Aufzeichnung. Gleichzeitig versuchte er sich weiterhin an der Rückverfolgung.

Red zögerte ein wenig, „Ich bekomme Befehle.“ Chap fuhr ein Schauer den Rücken runter. Das war zweifelsohne ein Übernahmeversuch. „Red, was für Befehle sind es? Statusbericht!“

„Es sind Befehle an meine Peripherie. Deine Augen sollen mir melden wer alles bei dir ist - und ..." Red wurde still, sie las gerade weitere Befehlszeilen ein. Schließlich antwortete sie leise „... und ich soll deine Hände heben, um deinen Hals legen und langsam zudrücken."

Chap erschrak, sein eigener Körper würde sich gegen ihn wenden. Er starrte weg von Tia, um sie nicht im sichtbaren Bereich zu haben. Er spürte den Angstschweiß auf seiner Stirn perlen. Das war es dann wohl. Red würde jederzeit zudrücken. Chap spannte seine Muskeln an, um zumindest nicht komplett widerstandslos zu sterben. Er verlor das Zeitgefühl und schloss die Augen, um ihn herum wurde die Stille erdrückend. Er hoffte, dass Tia den Raum verlassen hatte, da er nicht wusste was Red als nächstes für Befehle bekommen würde.

„Chap?" Reds künstliche, aber freundliche Stimme durchschnitt seine Verzweiflung. Er war wie gelähmt und konnte nicht antworten. „Chap, keine Angst." Sie hatte leicht Reden.

Chap wusste nicht wie ihm geschah als er langsam spürte wie sich Hände um seinen Hals legten. Er hatte alles Gefühl in den Armen verloren, es fühlte sich so an, als wären es die Hände einen Fremden, die sich sanft um seinen Hals legten.

„Du Baby", flüsterte Tia leise in sein Ohr. Er machte die Augen auf und blickte in Tias Augen, sie hatte ihre Hände an seinem Hals und grinste von Ohr zu Ohr. Dann griff sie nach dem Compuboard. „Red kann deinen Körper nicht kontrollieren, sie hat nur Leseberechtigungen."

„Chap, ich kann allgemein keine schreibenden Befehlsketten mehr annehmen." Reds Stimme klang besorgt und Chap konnte sein Herz im Kopf klopfen hören. Sein Körper hatte noch nicht auf die Erleichterung in seinem Kopf reagiert. Nach und nach holte er aber dennoch auf und Chap fing an sich zu entspannen.

„Du ... bist also immun?" Chap war vorsichtig. So ganz traute er der Sache noch nicht.

„Offenbar ja."

Chaps Erleichterung erreichte nun auch langsam seinen Adrenalinpegel und in der Entspannung fing sein Gehirn auch wieder an, vollwertig zu arbeiten. Sofort fragte er: „Steht die Verbindung noch?"

Red antwortete nach einer Weile. „Ja, die Verbindung ist sogar bidirektional. Ich kann auch Befehle zurücksenden."

„Welche Rechte hast du am anderen Ende?" Chap untersuchte derweilen die Daten, die Red auf dem Display des Compuboards anzeigte.

Nach kurzer Zeit antwortete Red: „Normale Nutzerrechte." Chap wusste nicht was er sich erhofft hatte, es war klar, dass da gewisse Schutzmechanismen griffen. „Wie heißt der Nutzer?"

„G. Manet."

Chap kannte jemanden, dessen Namen mit ‚G' anfing und das war jemand, den er sich gut gemerkt hatte. Puzzleteile begannen, an ihren Platz zu fallen. „Es scheint so, als hätte niemand erwartet, dass jemand diese Leitung zurückverfolgt."

„Und niemand hat sich Gedanken darüber gemacht, dass jemand diese Verbindung zurückverfolgen könnte.

Ich kann sämtliche Daten von diesem Nutzer absaugen.“
Red klang hoch motiviert.

„Tu es!“, Chap sah Tia grinsend an und Tia lächelte
erfreut zurück.

○ ◊ ○

Etwas stimmte nicht. Die Verbindung stand, aber Geran
bekam kein Feedback. Irgendwie hatte Chap es geschafft, seine KI gegen Übernahmen zu schützen. Das
war nicht gut. Geran trat aufs Gas, er musste sich beeilen. Er wusste immer noch wo Chap sich aufhielt, noch
war nichts verloren. Er war sicherlich nicht alleine. Geran musste sich vorbereiten. Das Gebäude war sicher
strategisch gewählt und das bedeutete, dass es über genügend Fluchtwege und Möglichkeiten zum Verschanzen verfügen musste.

„Verdammt!“ Geran schlug mit seiner menschlichen
Hand auf das Lenkrad des geklauten Wagens ein.

Er hatte wieder versagt. Es war wieder nicht nach
Plan gelaufen. Er spürte wie sich seine Muskulatur an-
spannte. Sein Körper erinnerte sich noch sehr gut an die
Folter, die er vor kurzem über sich ergehen lassen
musste. Jetzt ging es schon nicht einmal mehr um seine
Freiheit. Wenn er das Problem nicht schnell löste, ging
es um sein Leben. Die letzte Warnung seiner Auftraggeber war eindeutig. Er konnte keine Hilfe anfordern, das
wäre sein Ende. Er musste das selbst lösen, und zwar
schnell.

Warum Säule sechs? Er hatte sie im Bezirk um Säule zwei herum das letzte Mal verloren. Sind sie wirklich danach noch so weit gefahren? Oder gab es dafür einen anderen Grund? Er zerbrach sich den Kopf, konnte sich aber keinen Reim darauf machen. Wusste Chap etwas, was er nicht wusste? War er ihm schon wieder einen Schritt voraus? Wenn ja, was konnte es sein? Was konnte jemand wie Chap nur wissen, was er nicht wusste? Zu viele Fragen. Er brauchte einen Plan. Das Problem aus der Welt zu schaffen war absolut vorrangig.

Geran ließ sich die Pläne des Gebäudes zeigen. Er hatte Recht gehabt: viele Fluchtwege, viele Möglichkeiten, sich zu verstecken und sich zu verbarrikadieren. Alleine hätte er niemals eine Chance. Er brauchte eine Armee, und zwar eine große. Zu seinem Glück hatte er auch eine parat.

○ ◊ ○

Auf dem Compuboard wurden haufenweise Informationen über die Verbindung und den Server selbst aufgelistet. Red durchsuchte alles, was sie finden konnte. Chap hatte nicht wirklich Augen für alles und schmiss den Datensatz in eine Suche rein. Nach ein paar Sekunden, die wie Stunden vergingen, rief er leise zu Tia rüber: „Ich habe die gesamte Liste der Hops, also der Zwischenstationen zwischen uns und dem Befehlsserver.“

Tia schaute ihn fragend an. „Bringt uns das was?“

196

„Ja, ich sehe hinter welchen anderen Geräten er hängt und eines davon kenne ich sogar." Chap deutete auf eine Zeile auf dem Display seines Compuboards. Tatsächlich war zwischen dem Server, an dem er die Daten abgegriffen hatte und dem Befehlsserver kein weiterer Hop. Das bedeutete, dass der Server im gleichen Ort, wenn nicht sogar im gleichen Serverschrank wie der ihm bekannte Server sein musste. Er wusste aus Ianas Auswertungen auch nach was für einem Servertyp er ungefähr suchen musste.

„Ich kann den Server markieren, die Administrationsoberfläche ist nicht geschützt." Red stand in Flammen. Chap hatte das Gefühl, dass Red hier eine eigene Agenda fuhr. Es lag der unverwechselbare Geruch der Rache in der Luft.

„Markiere ihn in jedem Fall. Kannst du noch mehr Ortungsinformation auslesen?" Chap hoffte zwar, dass sie genügend Informationen hatten, aber man konnte nie genau wissen.

Dann war die Zeit abgelaufen. In der Garage gingen die ersten Sprengsätze hoch, dann hinterm Gebäude, vor dem Gebäude und an allen Seiteneingängen. Die Armee schien gigantisch zu sein. Chap hörte mehrere Schüsse durchs Haus hallen gefolgt von vielen durcheinander schreienden Stimmen. Er blickte zu Tia hinüber.

„Sam ... ." hörte er sie leise flüstern. Sie machte die Tür einen Spalt weit auf und schlüpfte hinaus. Chap blieb wie versteinert sitzen. Wie konnte so unbemerkt so schnell eine offenbar doch größere Armee hier in diesem entlegenen Ort aufmarschieren?

Tia stürzte zurück ins Zimmer und rief halblaut: „Wir müssen hier weg, pack zusammen und entsichere deine Waffe!"

„Was ist denn los da unten?"

„Es sind hunderte ... die Obdachlosen sie werden alle ferngesteuert ... ." Tia war außer Atmen und blass. Chap geriet in eine leichte Panik. Es gab noch so viel auszuwerten, er brauchte mehr Zeit. Die Schüsse aus dem Foyer spornten ihn jedoch an, sich zu beeilen. Er entschied, dass er die Dinge niemals alleine auswerten konnte. Er brauchte Unterstützung. Auch auf die Gefahr hin jemand anderen mit reinzuziehen schoss er den vollständigen Datensatz in den Äther. Jeder, der eingeweiht war, würde wissen, um was es sich handelte, für den Rest würden es sinnlose Hieroglyphen sein. Chap konnte nur hoffen, dass eine ganz bestimmte Person das tat, was sie immer tat und aufmerksam lauschte.

Das Compuboard wieder am Gürtel befestigt zog er seine Waffe und entsicherte sie. Er wünschte, dass er so etwas schon einmal verwendet hätte, wenn es drauf ankam würde er schnell lernen müssen. Die Schreie wurden lauter. Offenbar durchsuchten die ferngesteuerten KIs jedes Stockwerk einzeln, das gab ihnen zumindest ein wenig Zeit. Tia öffnete eine der Türen und winkte ihm zu. Chap folgte ihr so schnell er konnte. Tia verließ den Raum und bahnte sich leise und vorsichtig ihren Weg durch das Stockwerk Wand für Wand. Das Stockwerk war deutlich größer als Chap gedacht hatte. Er hoffte, dass Tias Plan aufging und niemand auf die Idee kam, die alternative Route zu nehmen.

Sie näherten sich einem anderen Treppenhaus. Tia blieb stehen und lauschte. Die Schreie hinter Ihnen wurden lauter, Chap vermutete, dass die KIs vielleicht noch zwei Stockwerke weit entfernt waren. Hinter der Tür vor ihnen schien alles ruhig zu sein. Tia näherte sich langsam, drückte die Klinke herunter, öffnete die schwere Stahltür kontrolliert einen kleinen Spalt weit und spähte in die Dunkelheit hinein. Nichts. Ein gutes Zeichen. Sie blickte zurück und Chap verstand sofort. Er bewegte sich leise, aber schnell zu ihr hin und beide schlüpften durch die Tür. Langsam und so leise wie möglich bewegten sie sich die von Zerfall gekennzeichneten Stufen langsam hinunter. Die Schmerzensschreie der Obdachlosen, die hilflos in den kontrollierten KIs hingen, hallten dumpf durch den moderig, kalten Betonraum. Ab und an zerriss ein Schuss die Geräuschkulisse, der bescheinigte, dass Sam noch lebte. Als sie sich dem zwanzigsten Stock näherten wurden die Schreie lauter. Die KIs waren hinter dieser Tür. Chap wurde nervös. Gerade mal fünfzehn Zentimeter Stahl trennte sie von dem Albtraum auf der anderen Seite. Jetzt bloß keine unnötigen Geräusche. Jetzt bloß nicht abrutschen. Jetzt bloß nicht den verwitterten Beton zum Losbrechen bringen. Jetzt...

Es war ein leises Knacken. Im Normalfall kein Problem. Bei einer der Stufen, auf die Tia getreten war löste sich das eingemauerte Geländer ein paar Millimeter aus der Fassung. Chap und Tia sahen sich gegenseitig wie erstarrt an. Auf der anderen Seite der Tür kamen die Schmerzensschreie näher und dann klatschte eine menschliche Faust gegen den Stahl. Das Geräusch vermittelte das Brechen aller Knochen und das Zerreißen sämtlicher Muskulatur. Der darauffolgende Schlag war noch heftiger, auch wenn hier eindeutig Knochen auf Stahl traf.

„Lauf!" Tias flüsterte so leise, wie sie konnte, aber Chap brauchte keinen extra Ansporn. Er rannte die Treppen so schnell er konnte runter, Tia war mal vor ihm und mal hinter ihm. Die Schläge gegen die Tür hatten an Intensität schnell zugenommen. Die Situation eskalierte schnell und chaotisch. Sie waren kaum zwei Treppenabsätze weit gekommen als die Stahltür über ihnen mit einem lauten Getöse nachgab. Aus den gedämpften Schreien wurden laut hallende und der Albtraum strömte ins Treppenhaus hinein. Ein paar Obdachlose fielen an ihnen vorbei in die Untiefen zwischen den Geländern, der Rest schwappte wie Wasser die Stufen hinter ihnen hinunter, chaotisch, durcheinander, unkontrolliert. Tia feuerte ihre Waffe in die Menge. Chap rannte so schnell er ohne zu Stolpern gerade noch konnte. Sie passierten die Tür zum 17. Stockwerk als diese ebenfalls aufbrach und weitere Opfer der KI-Übernahme ins Treppenhaus spülte. Tia griff nach Chap wich den Angreifern aus und sprangen über das Geländer zur anderen Seite des Treppenhauses. Mit nahezu übermenschlicher Kraft riss sie Chap mit sich, der Mühe hatte, auf der anderen Seite seine Füße wieder zu sortieren. Die KIs hinter ihnen fielen nun über die neuen, weiteren Obdachlose und wurde Opfer der Untiefen. Insgesamt verlangsamte es die Angreifer stark. Halb stolpernd, halb sprintend schafften Chap und Tia es, weitere zehn Stockwerke zu überwinden. Noch sieben hatten sie vor sich. Chap war am Ende seiner Kräfte, als die Tür des 6. Stockwerks aufsprang und weitere KIs ins Treppenhaus schleuste. Der Weg war versperrt und die KIs hinter ihnen schlossen schnell auf. Sie waren so weit gekommen und jetzt sollte Schluss sein? Tia lud ihr Gewehr durch und feuerte in die Masse. Die Geschosse wurden jedoch wirkungslos vom Gemenge verschluckt.

Da sprang neben Ihnen die Tür zum siebten Stock auf. „Schnell, hier lang!" Sam sah mitgenommen aus, aber dennoch war er der schönste Anblick, den Chap sich in dem Moment hätte wünschen können. Sie folgten ihm in einen Raum, in dem es nach Kupfer und verschmortem Stahl roch. Im blassen Licht, das durch die breite Fensterfront in den Raum eindrang, erkannte Chap unzählige Leichen. Sam hatte ganze Arbeit geleistet.

Die klatschenden Schläge gegen die Stahltür holten Chap wieder in die Gegenwart. Es war keine Zeit zum Ausruhen, es gab noch einen Weg zurückzulegen und die Tür hinter ihnen würde den Angreifern nicht lange stand halten, wenn überhaupt. Sam und Tia sprangen gekonnt über die Leichen und rannten zur Mitte des Raumes und damit zum anderen Treppenhaus, in der Hoffnung, dass dieses nun leerer war.

Sie mochte die Stille sehr. Es waren ihre Gedanken, die hier zählten, es war allein ihr Wille, den sie hier ausleben konnte. Sie war eingeklinkt in eine Welt, die nur sehr wenige so gut verstanden, wie sie. Iana war nicht stolz auf ihre Fähigkeiten, sie tat einfach was sie tat, weil es ihrer Natur entsprach. Das Netz war für sie nichts anderes als ein Ersatz ihrer Gliedmaßen.

Ihre KI war deaktiviert worden, weil Iana, kurz nachdem sie die KI eingesetzt bekommen hatte, versucht hatte, diese zu verbessern. Die KI überhitzte sich und musste operativ entfernt werden. Ganz gleich ob sie wollte oder nicht, eine KI bekam sie nie wieder zurück. Eine weitere OP würde sie mit hoher Wahrscheinlichkeit töten. Also nutzte sie altmodische Methoden und war damit effizienter als viele mit KI. Ihrem Blick ins Netz entging nichts, erst recht nicht, wenn es offensichtlich an sie adressiert war. Ein Datensatz, der so auffällig markiert war und den so wenige nur verstehen konnten, war die Arbeit von einem talentierten Fachmann, der nicht genügend Zeit hatte. Was Iana anging, so wusste sie, dass Chap diesen Datensatz ins Netz geladen hatte - vermutlich in der Hoffnung, dass sie ihn genauer untersuchen würde, und das tat sie auch. Es war ihr sogar ein Vergnügen.

Subtraktion

Glück im Unglück, das zweite Treppenhaus war zwar nicht leer, aber definitiv leerer als das andere im Moment, besonders in den unteren Stockwerken. Chap, Sam und Tia wollten dennoch nichts riskieren und sprinteten so schnell und leise wie sie konnten die Treppen hinunter, die Waffen immer im Anschlag. Hinter ihnen ging das ohrenbetäubende Geschrei weiter, es wurde wieder lauter. Die KIs hatten sich neu koordiniert und die Fährte aufgenommen. Chap war froh, endlich das Erdgeschoss sehen zu können. Unten lagen einige Leichen, vermutlich KIs, die abgestürzt waren, oder das Werk von Sam. Chap schaute zu Sam hinüber, der neben ihm sprintete. Sein Blick war ernst, er hatte einiges einstecken müssen, er hatte Kratzer im Gesicht und eine Wunde auf der Brust, aus der nicht gerade wenig Blut lief, das Shirt und Jacke durchsuppte. Chap bemerkte wie Sam in seiner Tasche herumkramte und einen kleinen Gegenstand hervorholte. Er blickte Chap an und lächelte finster.

Noch ein Stockwerk und sie erreichten das Erdgeschoss Sam stieß Tia und Chap durch die Tür in Foyer und sprang hinterher. Chap erkannte nun was Sam in der Hand hielt: es war ein Zünder.

„Runter!" das klare Wort von Sam wurden durch einem ohrenbetäubenden Knall halb verschluckt und von einer Staubwolke weiter unterstrichen. Chap legte sich auf den Boden und schützte seine Augen vor der

Staubwolke und etwaigen Betongeschossen, die durch die Luft segelten. Tia keuchte und hustete, sie hatte wohl etwas in den Mund bekommen. Chap spürte, wie ihn jemand unsanft am Arm griff und hoch zog. Er konnte die Augen nicht sinnvoll öffnen, also beschloss er zu vertrauen und zu folgen. Er rannte blind gezogen durch das Foyer zum Hinterausgang, die Staubwolke fing an, sich zu lichten und Chap versuchte die klebrige Maske aus moderigem Beton und Schweiß von seinem Gesicht zu kratzen und gleichzeitig die Lungen frei zu schnauben und zu husten. Als er seine Augen wieder halbwegs öffnen konnte stand er im Freien in einer Seitengasse. Neben ihm kämpfte Tia mit den Resten des Staubes und mit einer Platzwunde an ihrer Stirn. Sam stand an der Ecke und hielt Wache. Seine Haare waren ebenfalls von einer dicken Schicht Staub bedeckt.

„Kannst du uns nicht etwas besser vorwarnen?“ Chaps Stimme klang heiser und trocken und er musste nach Abschluss seiner Reklamation stark husten.

Sam drehte sich langsam um und schaute ihn an. „Was hast du lieber? Deinen Kopf auf deinen Schultern, oder für ein paar Minuten Staub in der Lunge?“

Chap zögerte mit der Antwort und so kam Tia ihm zuvor: „Danke!“ Sie pausierte, hustete, keuchte, spuckte einen Klumpen aus Schleim und Beton aus, fluchte unverständlich und sagte anschließend: „Du bist verletzt, lass mich das mal ansehen.“

Sam protestierte, aber Tia ging trotzdem hin und begann, die Wunde an der Brust anzuschauen. Chap arbeitete derweilen weiter an seiner Schönheitspflege und schaute sich ein wenig um. Säule sechs ragte klar sichtbar über alle Dächer hinaus. Das Ziel war nun klar und eindeutig zu sehen. Chap wusste was er zu tun hatte. Er entfernte noch ein wenig Staub aus seinen Ohren und drehte sich zu Tia und Sam um.

„Wir sollten uns auf den Weg machen. Wer auch immer hinter diesem Angriff steckt wird sicherlich nicht weit weg sein und ich glaube ich weiß, wer das war. Ihr wollt ihn nicht treffen, glaubt mir." Tia sah ihn leicht fragend an, verstand aber, dass keine Zeit für Fragen vorhanden war. Bevor Sam etwas sagen konnte sprach Chap weiter: „Das Taxi können wir glaube ich vergessen. Autos wirds hier keine geben, es ist aber nicht weit bis zu einem Eingang in die Datencenter. Red, kennst du den Weg?"

„Ja, Chap. Aber ich habe die Verbindung zum Server verloren." Reds Anmerkung machte aus Chaps Sicht keinen Unterschied. Der Server war markiert und sie wussten, wo er stand. Mehr brauchten sie nicht, um den Job zu erledigen.

Sie saßen in der Falle. Geran konnte jederzeit zuschlagen, er genoss es jedoch einmal seinem Feind einen Schritt voraus sein zu können. Jetzt war seine Zeit gekommen. Niemand konnte ihm den Sieg jetzt noch nehmen. Seine Soldaten standen an allen Ecken und warteten auf sein Signal. Geran war ausgesprochen stolz darauf, so viele KIs gleichzeitig kontrollieren zu können.

Sie funktionieren zwar nicht allzu verlässlich, aber sie erfüllten ihren Zweck. Um die Kapazität weiter zu erhöhen, hatte er die sinnlose Verbindung zu Chaps KI gekappt. Es machte jetzt keinen Unterschied mehr. Er wollte kein schnelles Ende für Chap, er wollte ihn leiden sehen. Er wollte ihm alles zurück zahlen. Er wollte noch einmal Spaß haben und die Möglichkeit haben, Chap eine ganz besondere Behandlung zuteilwerden zu lassen.

Er beobachtete aus sicherer Entfernung wie sich die Gruppe in Richtung von Säule sechs auf den Weg machte. Er ließ seine Truppen in einem weiten Kreis außer Sicht folgen und suchte sich selbst einen Platz, von dem aus er alles im Blick hatte. Sie bewegten sich schnell und von Deckung zu Deckung. Es wirkte nicht professionell aber koordiniert. Zumindest für den zweiten Mann in der Gruppe schien es eingeübt zu sein. Vor ihm musste Geran sich also besonders vorsehen. Seine Rache machte ihm sehr viel Spaß. So viel Spaß, dass er alles andere vergaß. Er vergaß, den Schmerz, der seinen Alltag bestimmte, er vergaß die Freiheit, nach der er so gestrebt hatte und er vergaß den Zeitdruck, der ihm sein Leben kosten könnte.

o ◊ o

Iana schaute noch einmal genau hin. Wenn die Daten stimmten, war das ein gigantisches Problem. Sie musste die anderen warnen. Jeder externe Betrachter hätte vermutet, dass sie in sich ruht. Iana informierte ihren Körper nur notfalls über die Dinge, die sie dachte oder tat. In ihr jedoch arbeitete es. Sie wollte mit all dem nichts zu tun haben, sich nicht in Gefahr begeben. Chap ... verdammt, wieso ziehst du mich da mit rein.

Die Entscheidung war schwer, Iana war nicht der Mensch, der für andere den Kopf hin hielt, sie war auch körperlich nicht gerade stark und ging jeder unnötigen Konfrontation gerne aus dem Weg. Wenn es nach ihr ginge hätte man es in diesem dunklen Paradies noch Jahre ausgehalten. Dennoch spürte sie eine Verpflichtung. Man hatte ihr immer gegeben was sie brauchte, jetzt war es an ihr zu geben. Ohne sie würden die drei einzigen Menschen sterben, die von ihrer Existenz wussten und sich vielleicht sogar um sie sorgten. Das machte ihr keine Angst, aber sie wusste nicht wie lange sie ohne fremde Hilfe überleben konnte. Sie wollte nicht gesehen werden, keine Heldin sein. Sie wollte aber leben. Kurz dachte sie nach. Es musste einen Weg geben, wie sie helfen konnte, ohne zu viel zu riskieren.

Es dauerte nicht lange, da flogen Ianas Finger über die Tasten. Sie hatte eine Idee, etwas, das auch wirklich funktionieren musste, aber sie musste sich beeilen.

Sie kamen gut voran. die Straßen waren leer, von den Obdachlosen keine Spur mehr. Das wunderte Chap nicht sonderlich, die meisten waren wohl im Bürogebäude gefangen oder gestorben, wie viele würde es hier schon geben? Die Straßen waren schlecht beleuchtet. Nur dort, wo die zentrale Stadtbeleuchtung an den Gebäuden vorbei sichtbar war, bahnten sich fahle Lichtstrahlen ihren Weg bis zum Abfall auf den Straße. Ab und an tauchten alte neonfarbene Leuchtreklamen die Umgebung in eine unwirkliche Realität.

Chap war froh, dass es im Moment so ruhig war. Wer auch immer hinter den Angriffen steckte, musste glauben, dass sie in dem Gebäude gestorben waren. Zumindest hoffte er das. Er blickte seine Kameraden an. Sie waren konzentriert und fokussiert. Profis bei der Arbeit. Sie wussten, um was es hier ging und Chap fühlte sich wieder einmal wie das fünfte Rad am Wagen. Die beiden ebneten ihm nicht nur den Weg, sie trugen ihn zum Ziel. Sie setzten zu viel Hoffnung in ihn. Vielleicht zu viel. Das machte ihm nur noch mehr zu schaffen.

Sie huschten schnell von Deckung zu Deckung. Sam koordinierte die Aktion. Er wirkte erfahren, beinahe trainiert. Chap war sich sicher, dass Sam einmal Soldat gewesen war. Tia bildete die Nachhut. Sie hatte keine Ausbildung, aber sie hatte schon Feuerwaffen verwendet, das wurde aus ihrer Körperhaltung heraus ersichtlich. Chap besann sich wieder seiner Aufgabe, der Navigation. Red hatte einen Weg zum nächsten Eingang aufgezeichnet. Er war tatsächlich relativ nah, allerdings ging es dann unterirdisch noch sehr lang weiter bis sie in dem Teil des Datencenters waren, in dem der Server darauf wartete, zerstört zu werden, um dem ganzen Spuk ein Ende zu bereiten.

Gerans Blick entging nichts. Bald würde er zuschlagen und die Sache beenden. Er sah wie die Gruppe in eine Seitengasse einbog. Der perfekte Ort für einen Hinterhalt. Er zog das Netz seiner Truppen enger. Er ließ sich noch ein wenig mehr Zeit, denn er wollte zumindest noch eine Ahnung von dem bekommen, was die drei gefunden hatten und was ihnen so viel Wert war, dass sie ihr Leben aufs Spiel setzten.

Langsam näherte sich Geran der Seitengasse und schaute um die Ecke. Niemand war zu sehen. Er fragte die Beobachter auf der anderen Seite ab wo seine Opfer sich hin verkrochen hatten, von dort kam eine negative Meldung. Sie waren verschwunden. Laut Plan gab es aus der Gasse keinen anderen Ausweg. Geran konnte es nicht glauben. Es war unmöglich. Man hatte ihn schon wieder vorgeführt. Mit einem Mal überkam ihn ein Schauer, all die verdrängten Dinge prasselten wieder auf ihn ein. Er musste sie wieder finden und zur Rechenschaft ziehen, und zwar schnell. Mit einem Satz stand er mitten in der Gasse und fing an sie abzusuchen. Irgendwohin müssen sie sich verkrochen haben. Derweilen ließ er seine KI Drohnen die Straßen durchkämmen. Er musste etwas übersehen haben. Akribisch untersuchte er jeden Winkel und jede Ecke. Schaute, ob Türen sich einfach öffnen ließen, rüttelte an halb zerbrochenen und schon lange nicht mehr gepflegten Fenstern.

Da war es. Direkt vor ihm. Ein Eingang in einen Tunnel. Das musste es sein. Es bestand kein Zweifel. Er beorderte seine KI-Drohnen ihm zu folgen. Zugriff jetzt!

○ ◊ ○

Es war das erste Mal seit fast einem Jahr, dass Iana vor der Tür des Unterschlupfes stand. Sie hatte sich einen genauen Plan zurechtgelegt. Es war leicht gewesen sich im Netz Fahrkarten zu besorgen - nicht legal, aber funktional. In Ihrem Geiste war sie fest entschlossen ihren Plan umzusetzen. Ihr Geist wollte losrennen aber ihre Beine waren wie festgeklebt. Ihr ganzer Körper fing an zu zittern. Plötzlich überkam sie das Gefühl absoluter Hilflosigkeit. Wie ein dunkler Schatten hängte sich eine endlose Panik an ihre Kehle, drückte zu, zwang sie in die Knie, presste sie gegen die Wand, verschlang ihren Atem. Sie versuchte sich zu wehren, aber es war hoffnungslos. Sie saß einige Minuten zitternd gegen die Eingangstür gelehnt auf der Straße. Irgendwann bekam sie wieder ein wenig Luft. Die Last fing an sich zu heben. Sie atmete auf, wusste, dass sie einen Kampf vor sich hatte und wollte allen Mut fassen, den sie fassen konnte. Sie hatte nicht mehr viel Zeit und das wusste sie. Langsam erhob sie sich und tastete sich an den Fassaden der Gebäude entlang bis zum Eingang der U-Bahn. Sie war froh, bis hierhin kaum einem Menschen begegnen zu sein.

Vor dem Eingang zur U-Bahn zog sie ihre Kapuze tiefer ins Gesicht. Nicht um unerkannt zu sein, sondern um selber weniger zu sehen. Sie schaute auf ihren Plan und verglich ihn mit den Fahrtrichtungen. Die Fahrkarten funktionierten hervorragend und gewährten Einlass. Von hier war es nicht mehr weit, sie würde es schaffen. Das Schwierigste hatte sie hinter sich. Dann kam die U-Bahn, sie würde nicht alleine sein. Wieder drohte ein dunkler Schatten sich über sie zu legen. Sie kämpfte dagegen mit aller Kraft an und zwang sich in die U-Bahn. Sie suchte sich so schnell es ging einen eigenen Platz und kauerte sich auf ihm zusammen. Der Schritt war getan, die Panik konnte jetzt frei über sie herrschen.

Sie waren bereits sehr lange zwischen den endlos wirkenden Serverräumen, die links und rechts von ihnen hinter gigantischen Toren versteckt wurden, unter Neo-Wien unterwegs gewesen als Chap die erste große Eingangspforte öffnen musste. Bereits vor der schweren Stahltür hörte man den Lärm von tausenden von Lüftern. Als sie eintraten sahen sie endlose Mengen von Server in Serverschränken, die wiederum gruppiert in Käfigen standen. Die Luft war kühl und trocken. Die einzigen Lichtquellen im Raum waren die zahllosen blinkende Lämpchen und Displays in allen Farben und Formen. Es war unmöglich, die Größe des Raumes auch nur ansatzweise abzuschätzen. Es war wie ein gigantisches

Labyrinth aus Technologie. Sie kamen dennoch schneller voran als auf der Straße, da sie hier ihre Formation aufgelöst hatten. Wo auch immer ihr Feind war, er konnte hier unten nur hinter ihnen sein. Bei dem Serverlärm konnte man ihre Schritte nicht weit hören und jemanden in diesem dunklen Labyrinth zu finden würde sehr schwierig sein. Das zumindest dachte Chap sich bis das laute Lüfterrauschen vom Echo gepeinigter Männer und Frauen zerschnitten wurde.

„Verdammt, sie haben uns gefunden!“ Tia sprach aus, was alle sich dachten.

Die Marschgeschwindigkeit wurde noch einmal weiter erhöht. Chap wunderte sich schon seit einiger Zeit über die ungeahnte Leistungsfähigkeit seines Körpers. Tia und Sam nahmen klar Rücksicht auf ihn, aber er war dennoch leicht stolz auf seine Leistung. In diesem schnelleren Trab legten sie zwar viel Weg zurück, dennoch schienen sie nicht voran zu kommen.

Die Schmerzensschreie kamen nur langsam näher. Die schienen den gigantischen Raum akribisch zu durchkämmen, das verhinderte natürlich ein schnelles Vorankommen. Im Gegensatz dazu führte Reds Anweisungen die Gruppe zielgerichtet durch den gigantischen Raum. Chap war froh über die direkte Wegführung aus der Bedrohung heraus. Dann standen sie vor einer Tür, die Chap nur zu gut kannte. Hier standen die Server der Unternehmen, die es sich leisten konnten. Er kannte den Raum dahinter gut. Hinter dieser Tür lag ihr Ziel. Chaps Körper zitterte vor Aufregung als er seinen Eingangscode in das Tastenfeld eingab und mit seinem Fingerabdruck quittierte.

Die Tür öffnete sich und plötzlich verstummten die Schmerzensschreie.

„Halt, Stopp!" eine kaum hörbare Stimme meldete sich. Sie kam nicht weit von ihrer Position entfernt. Chap hatte sie schon einmal gehört.

Tia reagierte sofort: „Iana!" Sie rief laut und ihre Stimme hallte durch den halben Raum, bis sie ein paar Kilometer entfernt vom Lärm der Server geschluckt wurde. Tia wurde im gleichen Moment bewusst was sie angerichtet hatte.

Chap konnte Iana weit entfernt zwischen den Servern hindurch erkennen. Sie rannte auf die Gruppe zu und hatte etwas in der Hand. Sie rief leise, viele Worte wurden vom Serverlärm geschluckt, aber Chap verstand genug, um zu wissen worum es ging.

„Es ... nichts bringen die Server ... weltweit... einer von vielen ... Nachricht an alle ... Protokoll ... ."

Chap wollte ihr entgegen rennen, aber Sam hielt ihn zurück, dann sah Chap auch warum. Hinter Iana tauchte ein großer Mann aus der Dunkelheit auf, die Hälfte seines Gesichtes war ersetzt durch ein stählern glänzendes Implantat, was sein Aussehen unverwechselbar machte: Geran.

Chap wusste um was es hier ging, er brauchte die Daten, die Iana in der Hand hielt. In ihm brannte plötzlich ein loderndes Feuer. Er riss sich von Sam los und rannte auf Iana zu. Ein brennender Lichtkegel durchtrennte die Dunkelheit und Iana stürzte zu Boden. In ihrem Rücken suppte Blut aus einer Einschusswunde. Ihr Körper zitterte. Chap wollte helfen, war aber noch zu weit weg. Ein zweiter Schuss zerfetzte ihr den Kopf. Die große

Gestalt blieb bei Ianas Leichnam kurz stehen und drückte noch einmal ab. Anschließend bückte er sich und hob den Gegenstand auf, den Iana bei sich gehabt hatte. Er betrachtete ihn kurz, warf ihn auf den Boden und zertrat ihn. Ein humorloses Lachen löste sich kaum hörbar aus dem Schatten. Chap spürte den harten Griff von Sam, der ihn zurück riss und in den Raum schubste. Tia zog ihn von der Tür weg, die sich hinter den beiden schloss. Sie hörten, wie Sam auf der anderen Seite das Feuer eröffnete. Es fielen einige Schüsse, dann hörten sie Sams gedämpften Schrei und dann hörten sie nichts mehr.

„Nein … !" fassungslos starrte Chap in die Richtung der Tür.

Tia zog Chap von der Tür weg und schüttelte ihn aus seiner Angststarre raus. „Reiß dich zusammen, wir sind nicht so weit gekommen, um hier zu versagen! Jetzt lauf zum Server und schalte ihn ab!"

Chap riss sich los. Mit Tränen in den Augen brüllte er Tia an: „Verstehst du es nicht? Es ist vorbei, wir haben verloren! Den Server abzuschalten, bringt nichts! Er ist nur einer von vielen, vielleicht von vielen auf der ganzen Welt!"

Tia schaute ihn ungläubig an. „War es das, was Iana uns zu rief?"

Chap wischte sie die Flüssigkeit aus den Augen. „Ja, und sie hatte einen Plan B dabei, den hat Geran zerstört."

Tia schaute Chap ungläubig an. „Plan B?"

„Ich ... Ich vermute, dass sie eine globale Verbindung zu allen Empfängern aufbauen wollte, um ihnen eine Nachricht zu schicken." Chap war sich nicht sicher, aber

214

er hatte das Gefühl, das aus den Wortbrocken heraus gehört zu haben.

„Das wären alle, die eine KI im Kopf haben?"

„Milliarden von Menschen weltweit, ja. Das Programm muss sehr spezifisch geschrieben worden sein." Chap vermutete es nur, aber es klang für ihn plausibel. Es half nur nichts, der Datenträger mit dem Programm war zerstört.

Tia warf sich gegen einen Serverkäfig und sackte langsam zu Boden. Die Verzweiflung war ihr ins Gesicht geschrieben. „Nein, nein, nein ... es muss einen anderen Weg geben! Wir brauchen nur mehr Zeit! Wir müssen nur an ihm vorbei, uns neu sammeln ... ."

Chap schaute sie mitleidig an. „Vergiss es. Jeder Kampf mit ihm ist sinnlos. Er ist ein wandelnder Panzer. Sogar wenn der Mensch darin tot ist, wird das Blech noch weiter leben."

Tias Augen wurden nun ebenfalls nass. „Das kann doch nicht sein. Wir sind so nah dran."

Trotz des Serverlärms empfand Chap mit einem Mal eine erdrückende Stille um sich herum. Das einzige, was er noch hören konnte war eine leise Stimme, die ihm so vertraut vorkam, die aber so weit weg war.

„Ich kenne das Protokoll."

Red!

Fehlerbehebung

Ein harter Schlag krachte gegen die Tür. Stahl traf auf härteren Stahl, und erschütterte die Tür. In kurzer Zeit würde etwas nachgeben, die Tür, der Rahmen oder die Wand, daran bestand kein Zweifel. Geran würde nicht lange brauchen, um in den Raum vorzudringen.

„Ich kenne das Protokoll." Red war ein Lichtstrahl der Hoffnung im Halbdunkel der Verzweiflung. „Aber ich habe die Verbindung verloren und kann sie nicht wieder aufbauen. Du musst mich direkt anstecken."

Tia reagierte schneller als Chap schalten konnte. Sie sprang auf und trocknete sich die Tränen, das Feuer loderte wieder in ihren Augen. „Geh' den Server suchen und hänge dich da ran."

Chap dachte kurz nach. Wie sollte er hier den Server ausfindig machen, wenn die Markierung ebenfalls aufgehoben worden war? Er hatte keine Wahl, er musste es versuchen. Er wusste zumindest, wo der Server ungefähr sein musste.

Ein weiterer Schlag trümmerte auf die Tür ein. Diese verformte sich, die Wand bekam erste tiefe Risse.

„Was ist mit dir?" Er ahnte Schlimmes, aber er wollte sich vergewissern.

„Ich kaufe dir ein paar Minuten." Sie schaute ihn lächelnd an. Er wusste, dass sie Angst hatte. Sie hatte gerade ihr Todesurteil ausgesprochen. Er wusste nicht was er sagen sollte oder konnte. Er beschloss, ihr Lächeln mitzunehmen wie es war und es sich für immer einzuprägen. Wenn er es hier lebendig raus schaffften sollte, wollte er sie für immer so im Gedächtnis behalten. So schaute er sie an, lächelte zurück, drehte sich um bevor neue Tränen seine Augen füllen würden und rannte los. Hinter sich hörte er wieder eine stählerne Hand in die Tür krachen. Metall ächzte, Beton bröckelte.

Der Weg war nun nicht mehr lang. Vielleicht noch ein halber Kilometer. Chap rannte so schnell ihn seine verbrauchte Muskulatur tragen konnte. Serverkäfige sausten im Halbdunkel am ihm links und rechts vorbei. Die Optik hatte sich dennoch stark geändert. Die Coldwalks zwischen jeweils zwei Serverschränken waren in diesem Raum matt von Bodenlampen beleuchtet. Das sorgte für mehr Licht, aber das Licht wirkte eher gespenstisch und trug damit zur allgemein düsteren Atmosphäre bei. Er drückte sein Compuboard fest an seine Brust. Red war jetzt die einzige, die dafür sorgen konnte, dass Sam und Iana nicht umsonst gestorben waren - und vermutlich auch Tia. Er schüttelte den Kopf. Für solche Gedanken war jetzt kein Platz und keine Zeit.

Gerans Schläge gegen die Tür echoten noch weit in den Raum hinein, bis Chap endlich den Punkt erreichte, an dem der allgemeine Lärm sie vollständig verschluckt hatte. Was jedoch nicht verschluckt wurde war der donnernde Lärm als die Tür aus ihrer Fassung in der Wand brach und mit lautem Getöse auf dem Betonboden aufschlug. Chap hatte das Gefühl die Vibrationen noch zu spüren, allerdings war er sich sicher, dass es nur Einbildung war. Nahezu sofort hörte er Schüsse. Er versuchte, noch schneller zu rennen, auch wenn seine Beine bereits anfingen unter ihm wegzubrechen. Er musste es schaffen, es war nicht mehr weit.

Die Frequenz der Schüsse nahm schlagartig zu.

Noch zwei Serverkäfige.

Ein Schrei durchschnitt die Luft.

Noch ein Serverkäfig.

Weitere Schüsse folgten, ein Geschoss bohrte sich in einen Serverschrank neben ihm und verursachte einen Funkenregen.

Die Käfigtür. Sie öffnet sich per Code.

Ein Geschoss zischte an seinem Ohr vorbei und verschwand in der Dunkelheit.

Chap hackte den Wartungscode ein.

Ein weiterer Schuss krachte, Chap spürte einen stechenden Schmerz im linken Bein und stürzte gegen die Käfigtür. Die Tür öffnete sich. Chap versuchte sich durch den Schmerz hindurch zu beißen und zog sich mit den Armen am Boden entlang vorwärts.

Da, ein Server blinkte mal blau mal rot. Die Markierung! Er war so nah. Der Schmerz in seinem Bein pochte, Chap wurde übel und ihm wurde schwindelig. Er wagte es nicht, nach hinten zu schauen, sein Bein musste schlimm aussehen. Er biss die Zähne zusammen und holte sein Compuboard hervor. Das ausziehbare Kabel sollte perfekt in die Wartungsschnittstelle passen...

Schritte ...

Ein Lachen ...

Ein donnernder Knall ...

Ein fürchterlicher Schmerz in der Hand ...

Der Schmerz verschwand. Taubheit machte sich breit. Chap spürte nichts mehr. Er blickte auf seine zerfetzte Hand und konnte in seinem Verstand keine Verbindung zwischen seinem Körper und dem, was er mit seinen Augen wahrnahmen, feststellen. Ungefähr einen halben Meter entfernt lag seine Hand, die noch immer sein Compuboard festhielt.

Er spürte einen heftigen Tritt in seine Seite und schlug mit dem Körper gegen die Serverschränke. Er keuchte, spuckte Blut.

„Bevor ich dich töte, singst du noch einmal für mich!“ Die Stimme klang stählern, voll Hass und Wut, irgendwie aber auch verzweifelt.

Chap versuchte, seinen Kopf soweit zu heben, dass er seinem Henker ins Gesicht sehen konnte. Das brachte ihm einen weiteren harten Tritt ein. Er spürte wie ein paar seiner Rippen brachen.

„Schau ja nicht her!“, sein Peiniger brüllte. Die Stimme war gefüllt mit Schmerz. Hatte Tia es geschafft ihn tatsächlich zu verletzen?

„Was ... was willst du wissen?“ quälte Chap mit schwindender Kraft aus seinen Stimmbändern heraus.

Er hörte ein Stöhnen wagte aber nicht, den Kopf zu heben. „Sei ruhig!“ wieder eine Pause. „Ich stelle die Fragen ... du antwortest!“ Sein Peiniger keuchte und stöhnte. Chap hörte wie etwas auf den kalten Boden tropfte. Etwas Schweres sackte neben ihm zu Boden. Mit schwächelnder Stimme kam die Frage: „Was ... was wolltet ihr hier? Was ist hier so wichtig?“

Chap traute seinen Ohren nicht. Der Mann, der sie im Alleingang vernichtet hatte, wusste nicht einmal wieso er es gemacht hatte. Er sammelte Kraft und fing an, mit Bedacht Worte zu formen. Er entschied sich dafür, ehrlich zu sein, es war das einzige was sein Kopf noch konnte. Mit seiner einen vorhandenen Hand deutete er auf den Server, der noch immer unbeeindruckt von allen Geschehnissen mal blau und mal rot blinkte. „Der Server ... er kontrolliert alles ... sie ... sie kontrollieren dich damit."

Er hörte ein Husten, das ein Lachen hätte werden sollen. Mit kratzender Stimme kam eine Antwort „Niemand ... niemand kontrolliert mich." Es folgte ein wiederholter Versuch eines Lachens.

Chap nahm seinen Mut zusammen und richtete sich auf. Langsam hob er den Kopf in der Erwartung eines weiteren Schlages oder Trittes oder schlimmer. Nichts geschah. Chap und Geran lehnten auf der jeweils anderen Seite gegen die Serverschränke nur von unten matt beleuchtet. Chaps Blut auf dem Boden mischte ein Scharlachrot mit in die düstere Farbkomposition. Die beiden schauten sich eine Weile an. Es war eindeutig, dass Geran an unvorstellbaren Schmerzen litt, dennoch konnte Chap keine äußeren Verletzungen erkennen.

„Sie tun dir das an, habe ich recht?" Chap wusste, dass er viel wagte.

Geran hatte jedoch gerade sehr andere Dinge, die ihn beschäftigten. Er schielte mit Mühe zu Chap hinüber und atmete schwer und hastig. Nach einer Weile fing er an die Lippen zu Worten zu formen: „Was ... was wollt ihr mit dem Server machen? Zerstören?"

Chaps Adrenalinpegel sank langsam ab und die Schmerzen wurden sehr real. Er wollte seine Worte gut wählen, denn er hatte nicht mehr viele in sich. „Warnung ... an alle" weiter kam er nicht. Das Sprechen wurde zu schwer. Er schwenkte den Kopf zu seinem Compuboard hin. Er schaffte es noch einmal Geran in die Augen zu sehen und seine Gesichtsmuskulatur zu einem grimmigen Lächeln und zu einem weiteren Wort zu treiben: „Freiheit … ." Er musste sich von der Anstrengung erholen. Ihm wurde schwarz vor Augen und er konzentrierte sich darauf, weiter zu atmen.

Geran wollte sich die zweite KI aus dem Leib reißen. Seine Auftraggeber waren ihm auf die Schliche gekommen, er hatte sich zu viel Zeit gelassen. Zunächst hatten sie alle Drohnen abgeschaltet, dann hatten sie versucht, ihn zu erreichen. Er hatte die Mahnungen auf seiner Netzhaut ignoriert. Er kannte die Konsequenzen, er wollte sich Zeit kaufen, es musste schnell gehen, es ging nicht schnell genug. Die Auftraggeber mochten es nicht, warten gelassen zu werden. Sie begannen mit der Folter. Geran wusste, dass der Traum von der Freiheit in weite Ferne gerückt war. Er wusste, dass er seinen Auftraggebern nichts mehr bieten konnte, er wusste, dass er keine Chance hatte, seinem selbst geschaffenen Schicksal zu entrinnen. Tief in sich hatte er es immer gewusst. Er hatte es nur unter Hass und Gewalt begraben. Jetzt, wo er das Ziel seines Hasses vor sich hatte und ihn endlich leiden sah, so wie er es sich immer vorgestellt hatte, fühlte er sich nicht wirklich besser.

Er sah Chap lange forschend an. Er versuchte all den Hass in diesen Moment zu bringen, aber es gelang ihm nicht. Stattdessen wurden seine Schmerzrezeptoren immer stärker beansprucht. Er wusste, dass er diesen Anruf niemals entgegen nehmen durfte. Er lebte im Moment mit gestohlener Zeit. Er hatte ein paar kleine Fische beseitigt und dabei ein halbes Stadtviertel entvölkert. Das würde Untersuchungen geben, das würden sie ihm nicht verzeihen. Er kannte die Methoden, er hatte sie mehrfach zu spüren bekommen. Es wären wieder weitere Implantate. Er würde noch mehr von sich selbst verlieren, es würden noch schlimmere Schmerzen werden, die Spirale würde nicht enden.

Er hatte noch eine Option.

Er blickte auf das Compuboard.

○ ◇ ○

Es verging Zeit. Wie viel wusste Chap nicht. Er öffnete seine Augen einen Spalt, als er spürte wie Geran seinen massiven Körper unter leisem Gewinsel in Richtung Compuboard schleifte. Chap streckte seinen Kopf so weit es ihm in seinem Zustand möglich war, um dem ohnehin schon langen Kabel möglichst viel Spielraum zu geben. Er konnte hören wie Geran sich mit Mühe zum Server schleifte. Es dauerte trotz der kurzen Strecke lange. Chap spürte wie sich das Kabel langsam anfing zu ziehen, dann vernahm er ein sanftes Klicken. Die Verbindung stand.

Eine Zeitlang passierte nichts dann hörte Chap die sanfte, mechanische Stimme von Red: „Es ist vollbracht, Chap."

Tränen flossen in seine Augen. Er hatte es geschafft, etwas zu verändern. Es hatte ihn alles gekostet, aber die Opfer waren nicht umsonst gewesen. Er konnte nun loslassen. Langsam gab sein Körper auf. Um ihn wurde alles langsam immer nebliger und es machte ihm nichts aus. Er nahm seine Umwelt nur noch gedämpft wahr. Die Lüfter, sein eigenes leises Stöhnen - und Gerans schmerzverzerrtes Keuchen.

Das Keuchen, das immer lauter wurde und hektischer. Mit einem Mal schrie Geran auf. Chap versuchte aus einem Augenwinkeln mehr zu erkennen. Gerans Körper krampfte und wand sich. Funken sprühten aus seinen augmentierten Körperteilen als diese überbelastet wurden. Er fing an, sich zu unmöglichen Formen zu verrenken und zu verdrehen. Sein Gesicht war so weit überspannt, dass die Haut an mehreren Stellen aufriss. Die Stimmbänder, machten die Tortur nicht länger mit und versagten ihren Dienst. Aus dem Schreien wurde ein Krächzen. Aus dem Krächzen ein Röcheln. Aus dem Röcheln ein Gurgeln als sich Gerans Mund mit Blut füllte. So schnell wie es begonnen hatte endete es auch. Geran sackte zusammen. Hier und da entlockte ein kleiner Kurzschluss noch ein Zucken aus einer der mechanischen Komponenten. Chap zog sich weiter zusammen. War das die Wahl, die Geran am Ende für sich getroffen hatte? Wollte er sterben?

In kurzen lichten Momenten wusste Chap, er wollte nicht so kläglich verenden, aber das war wohl sein Los.

„Chap?“ Reds Stimme klang entfernt, sanft und gütig.

„Red?“ Es waren keine Laute in den Worten mehr vorhanden, aber sie konnte es ohnehin in seinen Gedanken lesen.

„Auf Wiedersehen Chap.“

„Ich verstehe nicht ... ?“

„Ich möchte dir für alles danken, aber ich muss jetzt gehen.“

„Wohin?“

„Ich werde nicht mit dir sterben.“

Chap hörte gerade noch die letzten Worte bevor er endgültig das Bewusstsein verlor „Ich bin jetzt dort, wo ich hingehöre. Ich bin jetzt frei.“

ENDE

…?